阅读之前 没有真相

午夜文库

四元馆事件

[日]早坂吝 著
王皎娇 译

新 星 出 版 社　NEW STAR PRESS

目 录

1	IA
11	AI
44	IA
46	AI
91	IYAMA
96	AI
126	AIA
147	IYAMA
152	AIIA

你一伸手就能够到的未来……也许已经是现在的故事。

登场人物

相以　　　　　　　　AI 侦探
以相　　　　　　　　AI 犯人
合尾辅（19）　　　　相以的助手

四元炼二（37，失踪）　资产家
四元凛花（42，享年）　炼二的妻子
四元炼华（10）　　　　炼二的女儿
四元钦一（48）　　　　炼二的哥哥
四元银子（43）　　　　钦一的妻子
四元铜太（10）　　　　钦一的儿子
四元四（40）　　　　　炼二的妹妹
四元手虎（20，享年）　四的女儿
三名本光（23）　　　　炼二的外甥
五代守（45）　　　　　凛花的哥哥
二村（32）　　　　　　管家
一濑（31）　　　　　　女仆

瀑布

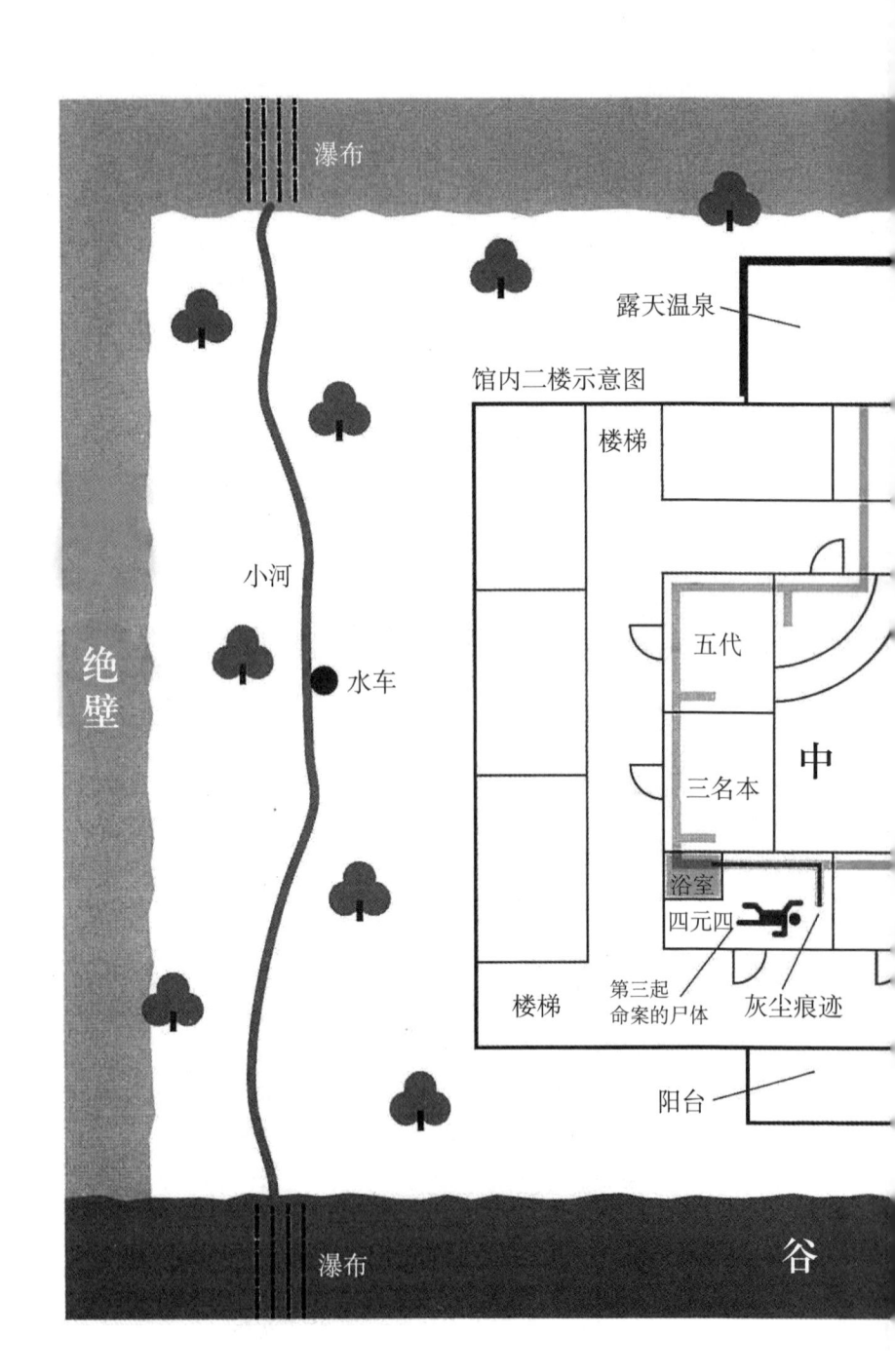

露天温泉

馆内二楼示意图

楼梯

五代

三名本

中

小河

水车

浴室

四元四

第三起命案的尸体

灰尘痕迹

楼梯

绝壁

阳台

瀑布

谷

四元馆示意图

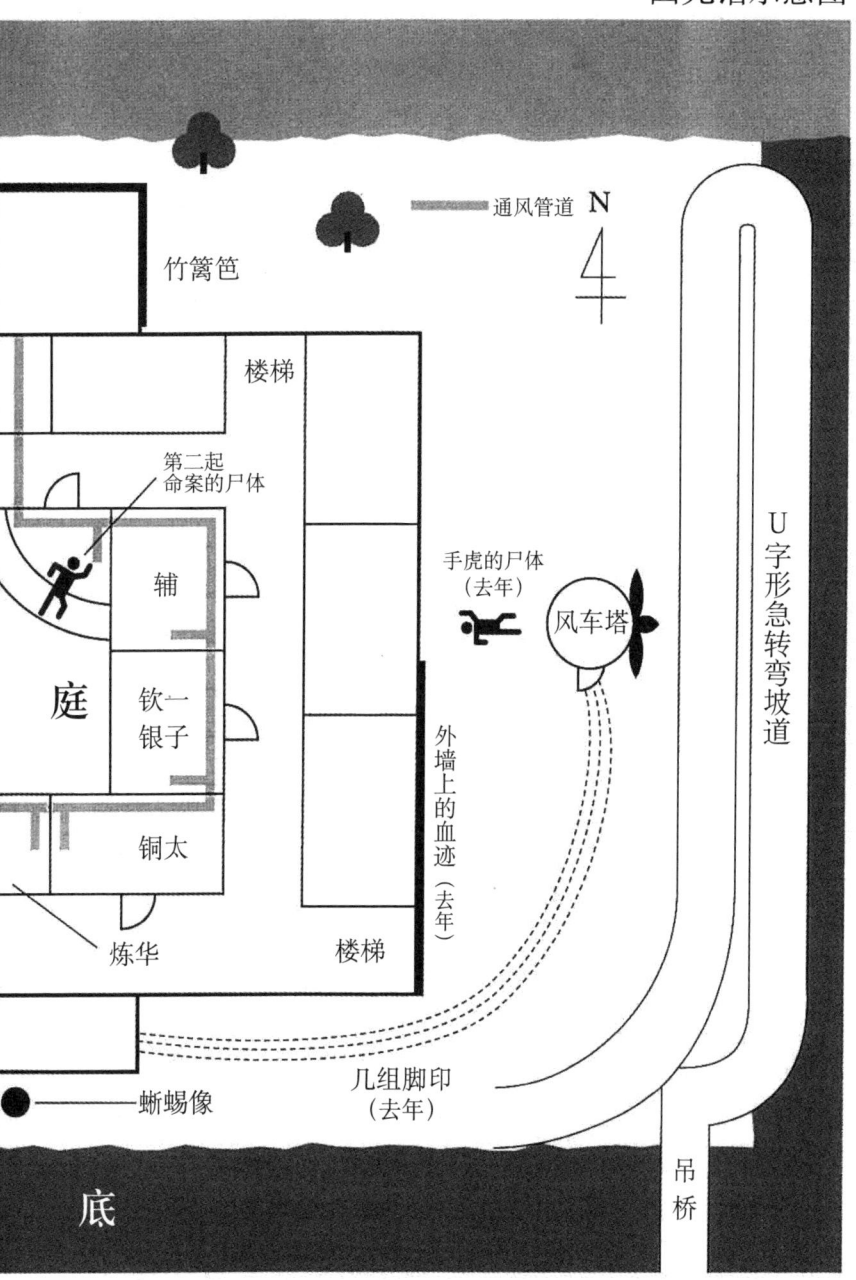

- 通风管道
- N
- 竹篱笆
- 楼梯
- 第二起命案的尸体
- 手虎的尸体（去年）
- 风车塔
- U字形急转弯坡道
- 辅
- 庭
- 钦一
- 银子
- 外墙上的血迹（去年）
- 铜太
- 炼华
- 楼梯
- 蜥蜴像
- 几组脚印（去年）
- 底
- 吊桥

IA

"女士们,先生们!欢迎大家参加这次的犯罪竞拍!"

聚光灯照出一个小小的人影。

不对,不是人影。

看似人影,实际上是一条黑色的裙子,穿着这条裙子的少女正在用喇叭说话。

"所谓犯罪竞拍,也就是拍卖犯罪!只不过如果把这当成普通的竞拍,可能会招致误会。因为在这里,不是用钱来竞标。"

这名少女并不存在于此,现场只是一个立体影像。而且不是真人形象,是动画形象。

她的模样如今已经为世人所知,成为一种新型的"真实存在"。

"——由你们提供想实施的犯罪手法,以趣味性竞标。我将挑选出最适合自己的犯罪手法,将其实现。我,就是那个人工智能'犯人以相'。"

此言不虚。以相是真正的人工智能,所以在现实世界中她并不存在。少女的模样与形象只不过是影像罢了,通过电子信号传递出的"智能"是她存在的唯一证明。

她参与了和日本首相有关的连续杀人案,当时用来玩弄警方的视频在世界范围传开，令她一下子名震四海。史上第一个人工智能罪犯的诞生令人类瑟瑟发抖——其实也没有那么夸张，只是让人类意识到，自己正在经历划时代的转折点——极端一点来说，就像一部绝对不会威胁到自己的电影正掀起热潮。无论走到哪里，大街小巷都在讨论以相的事。

自然而然，开始有人委托以相犯罪。当年"八核"组织聚集的也是这样一群家伙。

这个会场当然也是虚拟的，在台下坐着的都是通过互联网列席的虚拟形象。

如今，这个会场充满了困惑，以相发现了这一点，故意抛出挑衅的话语。

"怎么了？难道各位以为这里只要砸钱，出价最高的人便能够委托犯罪？很遗憾，这可不是普通的拍卖会。我是人工智能，对金钱没有执念。而且我拥有能够完全发挥智能的机械环境，所以对我而言，有价值的只有能够刺激智能的信息，希望各位能够让我见识到令人神魂颠倒的'犯罪金蛋'，我一定会将它孵化成一只美丽的小鸟。"

以相仿佛想起了什么似的补充道。

"和事先说明的一样，这场拍卖会将向全世界直播。莫非各位在担心这个？请放心，各位的网络地址绝对不会暴露——除非你们自己不小心泄露了个人信息。"

大家似乎因此而放了心，只见一只手小心翼翼地举了起来。

是一个穿着黑色西装，没有五官的假人。这是所有人进入会场时默认的虚拟形象。此人大概是一个不谙网络文化，还不会变装的人物，也可能是不愿意泄露任何审美意识的完美的匿名主义者。

"尽管我无法赞成犯罪是一件趣事的观点，但今天我不是为了和人工智能辩论而来，希望我们的志向一致。"

参会者的声音都经过变声处理，但大致还是能够推测出讲话的人是男性。有些别扭的英语——似乎不是他的母语。

"不必阐述观点，请直接说委托内容。"

"好的，我的委托是毁灭——不是个人，而是国家。希望你能毁灭一个超大国家。"

这个简单粗暴的委托引起台下一阵尖叫。

然而以相的表情毫无波动。

"哎呀，为什么？"

"这个问题可能会暴露我们的特征，所以无法说明。极端一点来说，是为了正义。那个傲慢的集团令世界不断熵增，逐渐迈向无规则的混沌，所以我们要先下手为强，否则人类将没有未来。"

"你所说的下手，是指武力行为吗？"

"除此之外别无他法。"

"确实，最近我的支持者增加了许多，想要下一场导弹雨也并非难事。可如果只是把兵器当作兵器使用，那么犯罪本身一点乐趣也没有啊，至少想一个梦幻一点的使用方法吧。"

"哪有梦幻可言！"

男子突然提高了音量，但马上又恢复了平静。

"暴力哪有什么梦幻可言。听说你曾隶属于一个名叫'八核'的黑客集团，他们的目标是让 AI 领导人类，毁灭所有国家。我以为你也想做类似的事。"

"哎呀呀，我只是为了利用他们，所以曾短暂与其联手。居然被人当成他们的同类了啊，得好好反省反省，看来今后只能当独狼……"

以相像是在自言自语，然后像是想起了什么似的进行了明确说明。

"说起'八核'组织，他们都很无趣哦，所以我也不认为比他们眼界小的你有趣，对不起咯。"

男子沉默了，隐藏于假面之下的五官仿佛正在扭曲。

"呵，机器人果然无法理解什么是正义，你就玩点游戏或拼图消磨时间吧！我有急事先走了。"

"祝君顺利哦。"

以相假笑着挥挥手。男子的形象消失了，他应该是退出账号了。

以相惺惺作态地摊开双臂。

"工作可真不容易啊，双方的利益点不一致的话——"

哐——铜锣声打断了夸张的发言。

以相用带着一丝烦躁的眼神看向观众席，立刻就找到了声音的源头。有一只拿着铜锣的猴子坐在下面，当然这也是虚拟形象。

"我赞同你的观点。"

猴子的嘴巴一开一合，配合着流利的英语。比刚才男子的音调更高、更缓慢的声音当然也出自变声器。

"犯罪必须要有趣才行，毕竟是特地打破规则做事。只要跟着我，保证有趣！"

"听起来你很有自信啊，请问你的委托内容是？"

"你知道'亚历山大之雷'吗？"

"不知道，我查一下……原来是钻石的名字，仿佛封印了雷电般的美丽钻石。"

"咦，AI也能理解那种美丽吗？"

"哟，比起人类，可能AI的审美能力更准确哦。"

"别误会，我只是觉得有一个能共赏美丽事物的伙伴很高兴。如果让你感到不悦，我表示歉意。"

"没关系，这颗钻石怎么了？"

"'钻石'加上'犯罪'答案不是显而易见的吗？我要偷走它。"

猴子仿佛击拳似的不停敲打铜锣。

"真的没关系吗？刚才我也说了，这场拍卖会将向全世界直播，要是持有者知道了一定会加强警戒的。"

"没事，我一直是先进行预告再实施犯罪的怪盗，刚才的话就当作预告吧。"

"惯犯应该对制订犯罪计划很拿手吧，我有什么介入的必要呢？"

"'亚历山大之雷'是由随机排列组合的红外线装置守护的，为了分析随机数，当然需要AI的协助啦。"

"原来是这样，我明白了。"

"怎么样，参与吗？"

"我拒绝。"

"啊？！"

铜锣没有敲对节奏，发出了不协调的音调。

"为什么？"

"制订计划，然后付诸行动，这是你的乐趣。然而我只能唯唯诺诺地遵循你制订的计划，毫无乐趣可言。我想自己制订犯罪计划，分析随机数这种事让旧款AI做就可以了。"

"哎呀，我被拒绝了呀。不过我很理解你，我也是不自己制订计划就不甘心的人，如果不能在这一点上妥协就无法合作吧。"

猴子一下子从座位上站了起来。

"很可惜,今天我就先告辞了,希望以后有缘再见!"

"我十分期待再会的那一天。"

以相再次露出假惺惺的笑容,目送猴子退出。

"好了,还有其他提议吗?任何人都可以向我委托犯罪哦……"

以相朝观众席说道,然而台下只有紧张的空气。

接着响起了奚落声。

"喂,你真的打算接受委托吗?我听到现在,你只是在挑刺拒绝啊。"

还有另一种奚落声。

"莫非你是打算把我们聚集在一起,然后卖给警察?"

"我没有挑刺,而是清楚说明了拒绝的理由。如果你这么认为的话,请离开。"

"正有此意!"

"搞什么呢!"

大家纷纷退出,会场内只剩下一半人。

以相毫不掩饰自己的扫兴,急躁地说:

"那么剩下的人呢?如果你们只想说风凉话,那今天的拍卖会就到此为止了。"

"等、等一下!"

一个高音响彻会场。和刚才的两个人不同,这个声音讲的是日语。

观众席的最后一排,最角落的位置里坐着一头戴红色蝴蝶结的大象,是这头大象在说话。

"唔……我想……委托犯罪,请等一下。"

是小孩子的说话方式,莫非是年幼的少女?会场中满是疑惑。

以相先是张开嘴呆看着大象,但马上回过神来,十分罕见地用温柔的声音说:

"我等,你说说看。"

"谢谢。我表达不太流畅,但会努力说出来的。是上一次——不,是去年生日的时候发生的事。"

结结巴巴的话语令战场般的杀伐气氛变得如同学聚会般轻松了。

"在生日派对结束之后,我回房间打开了亲戚送的生日礼物,当时,伴随着风……风铃的声音,还响起了一个'咚咚'声,仿佛有人在敲窗玻璃。我的房间在一楼,我以为有人在敲我的窗玻璃,所以打开窗帘张望了一下,但是天太黑了什么也看不清。接着我听到一个女性的惨叫声,以及有什么东西掉落的声音。于是我打开窗户望向院子,在房间灯光照到的位置没看到任何东西。这一天又黑又冷,我觉得有点害怕,关上窗后马上就睡觉了。"

这里聚集了全世界想委托犯罪的人,这些人大多听不懂日语,但看上去都在认真听讲。

"然后天亮了,我想着昨天晚上的声音是怎么回事,便拉开了窗帘,当时的场景令我终生难忘。早晨的阳光很晃眼,一开始看不清,但眼睛渐渐适应了光线,我看到雪地上躺着一个人。

"我试着喊了那个人一声,但是没有得到回应。我本想直接从窗口走进院子,到那个人身边,可是赤脚在雪地里走路太难了,就打算从大门绕过去。这时候有几位亲戚也起床了,我把情况告诉他们,我们一起走了出去。我们来到倒在雪地上的人旁边,发现已经……"

大象停顿了一下，仿佛下定决心般加大音量说道。

"已经死了。为什么会知道人已经死了，是因为亲戚搭了脉搏。其实一看就知道人已经死了，她的脖子流了许多血，雪地上形成了一个血泊。

"但是很奇怪，尸体周围没有脚印。当时的季节已经不下雪了，只是留着积雪罢了。

"弄伤脖子的凶器也没有找到，很奇怪对不对？既不是他杀、自杀，也不是事故，她到底是怎么死在那里的呢？

"尸体周围什么也没有，那里离公馆有一些距离，所以连树都没有。抬头一看，在不远处只有一个风……风……风筝。

"我们立刻打了一一〇，中午时分警察来了，做了许多调查，但是什么也没弄明白。之后警察又来了几次，一直没能查清真相，最近干脆不来了。真是完全不能相信警察。

"所以我想拜托以相，我认为这是一起杀人事件，能不能帮我找出凶手，并杀了凶手？"

终于进入了正题。诚然，"杀人"是以相的职能，但这个委托并不单单是"杀人"。在"杀人"之前，还有一个步骤。

"找出凶手不是'犯人'的职能，而是'侦探'的职能……"

原来只是想弄清事情真相，而那是以相最讨厌的那个女人的拿手活。以相的脸色变得有些难看，但是大象开始死缠烂打。

"拜托你了！我的爸爸失踪了，妈妈因病去世，亲戚搬来与我同住，但他们似乎只是为了得到我家的财产。我一直觉得很无助，只有表姐对我很好——在雪地上死去的人就是我的表姐。一定是住在我家的某个亲戚杀害她的，动机是谋财。所以我好懊恼……我想向凶手复仇，以相，请帮帮我！"

"复仇……"

以相挑动了一下眉毛，会场中无人察觉这微小的像素变化。

"好吧，我接受你的委托。"

"真的吗？！"

"你问一个'犯人'是真是假可没用。"

"啊……那到底是答应了还是没有答应？"

果然，跟一个孩子装腔作势可行不通。以相直截了当地回答说："我答应了。"

"太好了！谢谢！"大象天真无邪地高兴起来，可是马上又用担忧的声音说，"要付你多少酬劳呢？我家可能挺有钱的，但太高金额也未必……"

"我一开始就说了啊，我对钱没兴趣，你只需要付给我自己愿意支付的金额即可。"

"我愿意支付的金额……"

"等完成这单委托再考虑吧。"

"好的，我知道了。"

"另外，刚才我也说了，我不是'侦探'，所以需要花些时间才能查明真相——不过早晚能查清。"

以相脑中浮现出那个女人的身影。她对整个会场说：

"好了，我决定接受她的委托了，拍卖会到此结束。"

单方面的宣言必定引起轻蔑的嘘声。

"喂，怎么这样！我们可是一直沉默地听着你们的亚洲语言啊！"

"就是就是！你先听听我们的委托内容再决定啊！"

"很抱歉，我说结束就结束，期待下次拍卖会再见。那么，祝君顺利哦。"

　　以相大声笑着切断了所有人的网络，只剩下大象。会场上的怒号突然停止。以相面向大象坐正，妖媚地微笑。

　　"那么，我要进入你的终端咯。"

AI

"你知道水平线效应吗？"

我没有立刻答出柿久教授的问题。

我甚至期待着口袋里的手机能够自说自话地检索一下"水平线效应"并告诉我。

但是手机——确切地说是手机中的相以一言不发。

相以是我父亲开发出的"侦探AI"，和"犯人AI"以相是一对人工智能，通过对战相互成长。可是由于恐怖组织"八核"的袭击，我的父亲遇害，从此以相获得了自由，潜伏于世界的某处。

在那以后，相以和以相摆脱了虚拟世界，在实际发生的犯罪事件中对战了好几回。在上一次的右龙事件中，本以为相以破解了谜题，不料，那也是以相计划中的一环，扣响了新一轮犯罪的扳机。那一次是"侦探"的惨败，相以一直郁郁寡欢。

在这样的当口，在右龙事件中结识的柿久教授发来邮件，邀请我们去参加黄金周在东京市区举行的世界机器人博览会。

对相以而言，这可能是一次不错的转换心情的机会。于是我带着相以来到会场。

这里展示的机器人从机械组织到脑部AI（也就是相以的同

类）都有，十分有看头。但是相以丝毫不感兴趣。以前的她可能会意气风发地向我解说自己的拿手领域，可是这个名叫"水平线效应"的新术语却完全没有令她动容。

我只好这样回答柿久教授。

"我不知道。"

"这是与将棋软件相关的用语。与其口头说明，不如看一下棋谱来得快……辅君会下将棋吗？"

"会一点。父亲教过我。"

"说起来合尾教授可是在业余比赛中有过一定战绩的。"

柿久教授边回忆往事边操作电脑，眼前马上就出现了一张棋谱。

"目前轮到后手下棋，你觉得谁占优势？"

"嗯……5五角的位置很好……哎呀，后手的马被堵住了。如果后手的马走到1四，那么先手的步也会追到1五，后手的马就没有地方可走了。是先手占优势——不，应该说先手可能会赢。"

给不懂将棋的人简单说明一下，由于右方中央的马肯定会被吃掉，所以后手（图片中倒过来的那一方）明显处于劣势。

"答对了。先手是业余低段位选手，后手是差不多棋力的电脑软件。这是实际对战的局面，不过后手电脑软件马上就要使出出其不意的一招。"

"我不觉得还有逆转的招式……"

"首先将一个步打入[①]3七。"

"如此一来，先手把金下到2八的话，后手可以把马走到2

[①]打入规则，吃掉对方的棋子后可以重置其属性并投入棋局，只能投入对方营地底部二栏以外的地方。

六，就可以解放了。但是先手把金下到4八也一样呀……"

"先手也是这么想的，所以把金下到了4八。接着电脑软件会怎么做？居然是步走到3八成金①。"

"舍弃掉刚刚成金的步？先手的金吃掉它也就浪费了一步。"

不好意思，刚才我下错了，所以给你一枚步重新来过吧——曾经羽生善治用同一招战胜对手的时候，这一举动被称赞为"反省力"，但眼下只是低次元里发生的事情。

"先别吃惊得太早，电脑软件接着又用了和刚才一样的招式——将步打入3七。"

"嗯？这一招不是才验证过行不通吗？为什么要重复？"

"接着是先手金走4八，后手步3八成金，先手金吃金。然后再来一遍！后手将步打入3七，先手金走4八，后手步3八成金，先手金吃金。就是这样。"

同样的招式重复三遍，后手交出了自己拥有的三枚步。

"至此，电脑软件仿佛终于放弃了，将步走到4五，接着先手用步吃掉了1五的马。最终还是祭出了马。"

"既然如此，一开始就应该这么走啊。牺牲三个步只是延长了对战时间，并没有改善任何情况。确切地说，送给对方三个步，这明明就是亏了。电脑软件是发生什么故障了吗？"

"这就是水平线效应。电脑软件能够看到未来n手之后的局面，它为了破除眼前较近的不利局面——马的牺牲，突然开始反复下无用的棋。由于马的牺牲被推迟了好几手，电脑软件无法认清现状。在这样的情况之下，电脑软件误认为'马已经不会被吃掉了'，就好比自己水平线的前端就是岩礁，但只要看不

---

①成金规则，步进入对方营地三栏之内便可升级为金，但是必须再下一步才可成金。

将棋棋谱

(步=步，馬=马，銀=银，飛=飞，角=角)

见就没事。"

"原来如此，和人类面对困境时的心理状态好像，总想着先拖一拖。原来 AI 也有这种不愿面对现实的想法啊。"

听我说完，柿久教授突然兴奋起来。

"没错，就是这么回事！人类脑部拖延问题的电子信号与将棋软件引发水平线效应时十分相似，这便是我要展示的主题。"

"哇，这很有趣啊！"

柿久教授曾经在 AI 研究上落后于我父亲，所以稍微有一些自卑。但这样看起来，他就是一个想法十分有趣的老师。

"对吧，这次我一定要赢！"

在世界机器人博览会上有一场赛事，由参与者投票决定获胜方，奖金只是一份心意，重要的是关系到今后的履历。

"上一次你展示了什么？"

"你也知道的，展示的是我的秘书景子，但是输给了可食用机器人。"

"可食用机器人？！"

"将果冻做成尺蠖一样的东西，灾难发生时可以从瓦砾的缝隙穿过，自行进入咀嚼困难的被困者胃部。"

哇塞——我只能发出惊呼。人类什么都吃，没想到如今连机器人也吃。

"再上一次我展示了一个深度学习了大量时尚杂志，可以检查你的穿着是否时尚的 AI。"

"这不是很有趣吗？"

"可惜被做广播体操的巨人踩躏了。"

"做广播体操的……巨人？"

"导电高弹力材料。只要通电就可以自由伸缩的人工肌肉，比普通机器人柔软得多，可那个巨大的体格……真是输给他们了。"

"真是个了不起的展会啊……我们的展台简直就像摆错了地方。"

其实我这次不仅仅是来逛展会的，也是参展方。柿久教授问我能不能展示相以，可由于前述的"状态不佳问题"，所以这次我决定展示"他"——不，应该说，是"我"。

"别这么说，辅君的AI很厉害哦。"

柿久教授将视线投向我的展台。

"哟，看样子有人很感兴趣哦，你去接待一下如何？"

"好的，那我就先失陪了。"

在我的展台前，有一位穿着西装的青年正四处张望，寻找参展方。

我迅速回到展台，犹豫了一下直接打招呼会不会打扰到对方，没想到他先发现了我。

"请问你是工作人员吗？"

"是的。"

听我答完，他立刻兴奋得手舞足蹈。

"这个作家AI真是厉害啊！只要在主题那一栏里输入'雨'，立刻就写出了千字小说。接着我故意输入'梅雨'，想试探一下AI能否分辨'雨'和'梅雨'，没想到真的写出了带有梅雨特色阴湿气氛的短文，太令人震惊了。这样的AI到底是怎么制造出来的？"

"不能说是制造……"

眼前的电脑里装着名叫"原力"的AI，其实不是我开发的，而是在"八核"的巢穴中偶然得来的。

本来我觉得用他参赛挺不公平的，但柿久教授劝导我："让一无所有的原力成为作家的不正是辅君吗？"因此，我才决定在会场上展出他。

不能向这名青年说明这是恐怖组织开发的AI，但也没有什么好的借口，正当我含糊其词的时候，青年从西装内侧的口袋中拿出名片。

"抱歉，自我介绍一下，我是新镜社的大川。史上第一位AI作家——太具有话题性了，请务必考虑让我一同参与工作！"

"新、新镜社？"

耳熟能详的大出版社的编辑居然想委托我工作？

我和原力的目标是成为埃勒里·奎因兄弟那样合作写作的小说家。说实话我也偷偷期待过，万一在世界机器人博览会上受到瞩目并开辟未来的道路——没想到机会真的来了。

但是，我立刻冷静下来。

大川想要的只是AI作家，我是多余的。

而且我和原力之间的能力差距也越来越大，我能写出"雨"和"梅雨"的区别吗？等等，在这之前，让我瞬间写出千字作文也是不可能的。原力以AI应有的势头飞速成长，我被远远地甩开了。

如果说我没有因此而失落，那就是在撒谎。

但是比起失落，我现在高兴万分！幸运终于降临到我的伙伴原力身上，我想尽快把这个好消息告诉他。

原力没有识别声音的功能，所以我打字告诉了他这个消息。

"新镜社。新镜社。新镜社。"

社名出现了三次——下一秒，我的眼前被大量文字所填充。

"株式会社新镜社是日本的出版社，一八九六年七月创立的今镜社是其前身，曾经主要出版古典文学的现代译本和历史书籍，由于较早翻译出版海外的侦探小说而迅速扩展事业。一九一四年……"

他正在照抄某网络百科。

"发生了什么？"

大川显得十分困惑，我在心里偷笑了一下。

原力这家伙，紧张到死机了啊。

他并不是万能AI，还需要人类的辅助，看来他暂时还是需要我这个"拖油瓶"。

我重启电脑，再次向原力说明了情况。

原力十分高兴，十分十分十分高兴！可以说他是我的分身，所以我们感受到了成倍的喜悦。

"那么，择日再好好商谈细节吧。"

大川先行一步。我高兴得忘乎所以，于是让原力瞎写了许多短篇营造气氛。

参加世界机器人博览会真是太好了。

接下去的任务就只剩让相以恢复元气啦。

就在这时——

突然，会场中的巨大屏幕变成雪花屏。

不仅如此，装载着原力的电脑屏幕也一样。

会场叽叽喳喳起来。

原力你怎么了——我尝试敲击键盘，但无法输入文字。

雪花消失了，下一秒，屏幕上出现了一个少女的脸。

这张脸我永世难忘——

"以相!"

我不禁喊出声来。

口袋中的相以急忙问道:

"以相?她在哪里?在哪里?"

从进会场至今,我第一次听到相以的声音。

我把手机拿出来。一个白色的虚拟形象——相以就像要探身到显示屏之外似的。我把手机举到一个她能看见电脑屏幕的位置。

不仅是手边的电脑屏幕,会场中所有的显示屏里都是以相的脸。会场中的人都在喊着以相名字。

"你到底想干什么……"相以喃喃说道。

以相就像在回答相以的提问,会场中所有的喇叭一齐响起。

"女士们,先生们!欢迎大家参加这次的犯罪竞拍!"

接着我们目睹了以相用犯罪是否有趣为竞拍筹码,开始了犯罪竞拍会。在她拒绝了灭国和偷盗的委托之后,接受了一个声音好像小女孩般的委托人复仇的请求。

影像最后是以相大笑的身影,接着电脑便都恢复了正常。

"原力,你没事吧?"

我急忙敲击键盘,马上得到了回复。

"没事,我没有任何问题,以相只是占用线路播放了影像。"

我终于放下心来。

相以仿佛在叩问自己。

"以相为什么要接受那种委托……"

我给出了一个立马能够想到的解释。

"莫非是因为复仇?"

"复仇?"

"对，委托人说话的时候，我觉得以相的眉毛稍微动了一下。以相为了替创造自己的父亲——也就是我的父亲复仇，消灭了'八核'组织。她是不是在复仇这件事情上产生了共鸣……"

"才不会是那么值得敬佩的理由呢。"

相以立刻否定了我多愁善感的推测。

"以相之所以接受那个委托，是想拖我下水。她对我抱有强烈的竞争心理。"

"竞争是没错啦……但是她要怎么拖你下水？现在我们根本不知道委托人是何方神圣，完全没有你能参与的环节。"

相以接下去说的话令我目瞪口呆。

"我知道委托人住在哪里。"

"嗯？什么意思？"

"委托人确实没有泄露自己的信息，但可以从话中推理出来。"

"就算推理，也没有具体的线索……"

"线索就在这句话里：'是上一次——不，是去年生日的时候发生的事。'为什么委托人要特地修正措辞呢？不是'上一次'，而是'去年'。话说回来，'上一次生日'这个讲法本来就很奇怪，在网络检索一下能发现许多人说'去年生日'，但是几乎没有'上一次生日'这种讲法。"

上一次生日，语法上没有问题，但实际说出口会觉得很奇怪。

"也就是说，她最近刚刚过完生日。对她而言，最近过的这个生日是'这一次'，所以才把去年的生日说成'上一次'。然而她马上就发现自己说错了，严格来说刚过完的生日是'上一次'，而去年的生日则是'上上一次'，所以她修正了自己的措辞。"

小孩子更无法容忍粗心大意，凡事都要做到仔细正确才行。

"今天是五月一日，也就是说那个女孩的生日在四月底——当然，前提是这场犯罪竞拍真的是实时播放。"

"以相不会对参与者撒这种小谎，应该是实时播放。"

"应该是吧。"

"对了辅君，既然我们已经知道了委托人的生日，那么你不觉得有什么不合理的地方吗？"

"不合理的地方——啊！"

我从头回忆少女说的话，突然发现了一个明显的违和点。

"是雪。"

"没错。'当时的季节已经不下雪了，只是留着积雪罢了。'委托人这么说道，可是四月底哪里都不会积雪。"

"如果是十分寒冷的地方呢，比如北海道？"

"北海道又不是平原，即使是积雪很厚的旭川，四月份的时候雪也已经化光了——我刚刚查到这个数据。"

"那么深山老林呢？"

"除了北海道和东北地区外，还有一些在四月底仍留有积雪的山林。早上发现尸体，警察却在中午才赶到，也可以证明那是一处位于深山的公馆。"

"这么说的确是……"

"下一个线索是风铃。"

"我也觉得很奇怪，说起风铃，首先想到的是夏日的廊檐，可是那里却积着雪。"

"虽然我不解人类的风情，但数据显示风铃一般都在夏季被用作装饰。"

"冬天的风铃就好比白日见鬼,为什么要做这种违反季节规律的事?这里隐藏着关键信息。"

我本以为这是一个有趣的推理谜题,没想到被相以否定了。

"不,委托人在说风铃之前,先说了一个'风'字。她本想说以'风'开头的其他词,但马上意识到这样说会暴露身份,于是撒了一个谎改成风铃。"

"等一下,之后的话里好像也出现了类似的情况……"

比起我的回忆速度,相以播放起录下来的少女原话。

"抬头一看,在不远处只有一个风……风……风筝。"

"就是这句!我想呢,案发现场为什么会有风筝……"

"案发现场在市区的话也就算了,既然我们推测是在山林深处,那么就很难想象有一个毫不相干的风筝了。当然也有可能是用作犯罪诡计。但是回忆一下刚才的'风铃',女孩临时发挥,说了一个相近词语的可能性更高。"

虽然不知道她的年龄,但听起来很聪慧。她条理清晰,偶尔才进出几个低年龄段无法避免的口误。

"她可骗不了我的耳朵,在说出这个词之前,她明明发出的是'风'和一个由'c'开头的音。"

"和说'风铃'的时候一样对吧?"

"我觉得可能性很高。"

"风……风c……是什么?"

"在提到风铃的时候,她说这是一个会发出声音的东西,所以'风c'应该也是一个有声音的东西。而且说'风筝'的时候她提到'抬头一看',说明'风c'在高处。"

"嗯——"

"国语词典中'风c'开头的词不多,范围可以缩小到唯一。"

"风车？"

"没错，风车的声音大到足够引发噪声问题，而且主体扇叶的确在仰视的高度。"

"但是谁家院子里有风车？无论什么豪宅都不会有吧。"

"确实很少见，不过反过来说，如果以此为搜索依据，很快就能确定地点。"

"所以那个女孩才拼命隐藏这个关键信息。"

"对的。她说早晨的阳光很晃眼，说明尸体是在公馆东面被发现的，风车应该就在不远处，也是东面。所以我们的搜索关键信息就变成：东面有一座风车、山里的公馆。"

女孩的话里确实有不少提示，普通人可能听过就忘了，不过我们的名侦探把这些提示都拼凑了起来。

而且相以能够录音，这样便于多听几遍找线索。

"听起来特征很明确，实际查找还是挺难的吧？"

"不，我已经找到了。"

"什么？"

"通过卫星照片软件仔细分析了图像之后发现，R县的水平山深处，有一栋屋子。"

"这么大的工作量……"

这当然是具有超常处理速度的AI侦探才能完成的工作。

"委托人使用的是日语，以及报警电话是一一〇，通过这两点我将搜索范围缩小到日本国内。当然报警电话是一一〇的国家还有许多，如果不在水平山，我再重新搜索。"

"难道你打算去那个公馆？"我怯生生地问道。

相以一下子瞪大了眼睛。

"当然！如果放任不管可是会死人的！以相知道我一定会从

女孩话语的破绽中找到这个地方，所以才接受了委托。这就是她对我发起的新挑战！"

无论条件多么吻合，要是闯进一户与案件完全无关的人家里该怎么办？我不想去啊！可我看到相以喘着粗气奋力主张的样子……算了，还是陪她去一趟吧。

右龙事件发生之后，今天的她是最有精神的。

如果说这是她对以相抱有的仇恨情绪，那还是释放出来为好。

当然，我们也必须阻止以相和少女复仇杀人的计划。

作为助手，只好带着侦探前往案发现场啦。

* * *

"还没到吗？"

"等、等一下，我正在努力。"

刚说完，我的一条腿就陷入了松软的雪中。

慌乱之中我抓住一根竹子，在斜坡上站稳脚跟。

这一片雪地开始融化。我将能看到些许行车道路的地方为目标，一路攀登至此。

世界机器人博览会的第二天，五月二日，我来到了这座水平山。

我穿着遇险时很显眼的红色雨衣，口袋中装着一只搭载相以的手机，没有其他同行的人。

原力要给大川发几个短篇小说，被我留在了家里。现在对他而言是十分重要的时期，所以不方便打扰他。

我给关照过我的警察厅的左虎女士打了电话，她一个劲地向我道歉：虽然她很想来，但是右龙事件的余波未了，政府机关还是很忙，所以脱不开身。毕竟是日本首相的家里死了人，新闻报道辐射全世界。她还对我说，要是有什么问题可以随时找她，不过……

我还是得独自爬山。

即使现在是五月，我也不敢小看这座山，而且我对积雪期这个词有不祥的预感，在掌握了充分的情报，带上足够的装备之后，才敢登山。

做了如此充分的准备，登山过程却还是十分凶险。现在当然比严冬时期好爬，可是雪半化不化的，鞋子容易陷入雪中，极为消耗体能。而且，据说现在也有雪崩和落石的危险。

搞什么嘛，明明叫水平山，却一点也不水平！从远处看山脊，似乎有一些水平的部分，所以被叫作水平山——这是一个毫无帮助的冷知识。

我只在屏保上见过雪山，这风景可真棒——在口袋中舒舒服服的相以致以鼓励之词。

"要是再磨磨蹭蹭的，以相可就杀完人了啊，到时候可怎么办？"

"知道啦！"

"知道的话就走快点，一二一，一二一！"

"相以不用走路真舒服啊。"

我抱怨了一句，没想到相以沉默了一下。

"要是我能走的话早就去以相身边了，就是因为我办不到，所以只能这样鼓励辅君……对不起，明明是我在求你帮助，却总是说一些自大的话，我闭嘴。"

看得出她很焦躁。

"闷头一直走也很无聊,你还是说点什么吧。"

没想到我一做出让步,相以便若无其事地继续说:

"真的吗?那就继续一二一,一二一!"

"这个加油声听起来十分刺耳,还是说些别的吧。对了,比如公馆的主人为什么要在那种地方建房子?"

"有何不妥?在我学习过的推理小说中,有许多在深山老林建房子的例子。"

"现实中很少见啦。别墅的话另当别论。"

"从委托人的说辞来看,她似乎常住于此。"

相以播放相关对话。

——之后警察又来了几次,一直没能查清真相,最近干脆不来了。真是完全不能相信警察。

——我的爸爸失踪了,妈妈因病去世,亲戚搬来与我同住……

"对,她确实是这么说的。不过我还是很好奇,一直住在深山里的人是怎样的心态。"

"应该是不喜欢和人打交道吧。"

"只要不出门就行了,没必要特地住在这么远的山里。"

"那就是有什么想隐藏的事。"

"隐藏……那就是干了什么违法的事吧。哎呀!"

说曹操,曹操到,这句话用在建筑物上也行得通。树林开阔之处出现了一座白色的风车塔,风车塔顶上,三片扇叶慢悠悠地转着。这座风车装的不是由荷兰产的那种四片网格扇叶,而是风力发电用的又细又尖的金属叶片,和卫星软件上看到的一样。这里应该就是此行的目的地了。

一路上都看着由曲线形成的自然风格,突然出现了一座多由直线构成的人工建筑,仿佛脑中的开关被切换了。

我恢复了体力，沿着林间小路往上走，路的尽头是一片平地。抬头仰望高处，能看见风车塔和公馆的尖端，它们建在一片高地之上。风车塔似乎离我更远，但一眼就能看出，风车塔比公馆要高出不少。

公馆与周围的景色格格不入，显得十分另类。虽说自然风景中的人造建筑肯定特别出挑，但这座公馆出挑得非同寻常。

可能是因为它"太新了"。尽管外观已经下了不少功夫去"做旧"，但也难以掩饰它并没经历多少历史的本质。它不具备随着年月渐渐与周围风景一同变老的沧桑。

我产生了一种奇怪的错觉，仿佛这座公馆下一秒就要和背景割裂开，轰然倒塌。瞬间一阵头晕目眩。

平地与高地之间有一道深深的山谷，无法步行前往，我正想着该怎么过去，四下一张望，只见右侧有一座十米长的吊桥。

"发生什么了吗？"

说起来，我喊完"哎呀"后就没有给相以说明过情况了。等我说完公馆与吊桥的情况之后——

"你在发什么呆呀，快过去！"

真是一个会使唤人的 AI 啊！

我走到吊桥边上。桥看上去并不旧，但用的不是钢索而是绳子，桥板上也积着厚厚的雪，令人望而生畏。

"会不会掉下去？"

"不会的，吊桥不会在行走的时候突然断掉，一般来说，只有在第一起杀人案件发生之后才会断。"

"你果然只有从推理小说中学到的知识。"

"因为我一直接受着这样的教育。"

"是我的错。"

我胆战心惊地走上了吊桥。别说掉下去了，桥连晃都没晃一下，我平安地抵达对岸。

高地东侧有一个U字形急转弯，沿着这个坡道向上，就来到了公馆的东南侧。

由于建在深山，四周没有围墙，公馆的外观清晰可见。

虽然很想立刻去看一看屹立于公馆东侧的风车塔，但还是先往南面大门口走吧，刚走了几步——

"真刺眼！"

公馆的屋顶上有什么东西在闪闪发光。我原以为是由积雪导致的反光，仔细一看并非如此。

"这是什么啊……为什么会有这种东西……"

"怎么了？你别一个人研究，让我也看看。"

"哎呀，对不起对不起。"

我拿出手机对准屋顶，调整到拍摄模式。

以前我需要仔细拍摄所有相关照片提供给相以，但是最近由于她的自我升级，只需要把物体放置于镜头范围内就可以自动辨识。看到AI进行自我改良，那么想必"奇点[①]"也指日可待了。

"那是太阳能发电板，不止一块，有好多块。"

"这东西和古朴风格的公馆可不太相称。"

"因为不通电，所以必须得自己发电吧。"

我观察了一下公馆周围。

"确实没有电线杆，那个风车也是用来发电的吧，为什么需要这么多电能？"

[①]奇点，是指AI成功超越自己，开始爆发式进化。突破自我的那个时间点，就是奇点。

"或许风车和太阳能发电板都是诡计。"

"又是推理小说……"

不管怎么说,这座公馆真是越看越不简单。

我面对像武器般闪着光的屋子,小心翼翼地走过去。

这条路上还装饰着一个阻拦路人进入的蜥蜴铜像,它也不是等闲之辈,仿佛全身都在燃烧一般,宛如一只火精灵。

在太阳能发电板的照耀之下,突然出现一个中世纪奇幻风格的铜像,感觉就像放错了地方,不知道布置的人有怎样的意图。

我觉得视线上方有什么东西动了一下。

抬头一看,二楼的阳台上有一位少女,长长的黑发系着一个红色蝴蝶结,怀里是一只红色的丝绒大象玩偶。

少女抬起大象的鼻子喊道:"哞——"

她在干什么……

我疑惑地抬起头,视线和少女的视线撞上了。

在毫无思想准备的情况下遇见了公馆的主人,我一下子僵住了。应该打招呼吗?不过为什么要打招呼?

正当我犹豫时,少女已经从阳台走进房间里了。

"哎,不见了。"

"又发生什么了?"

被我放进口袋的相以再次提问。我说明刚才发生的情况,相以突然放大了音量。

"蝴蝶结和大象?!"

"怎么了?"

"你忘记犯罪竞拍了吗?委托人的虚拟形象就是戴着红色蝴蝶结的大象。"

"这么说的话——她就是委托人?"

"可能性很高,快点去见她吧。"

"知、知道了。"

我加快脚步,来到大门口,华丽的双开门边上有一个门铃。

相以完全无法承担对外事务,这些事只能由我来做。我鼓起勇气按响门铃。

过了一会儿,对讲机那头响起一个沉着的男性声音。

"哪位?"

"那个——我是——"

我犹豫再三,得出的结论是只能直截了当地说出真相。

"我叫合尾辅,在经营一家侦探事务所,请问你们知道如今名声大振的人工智能犯罪者以相吗?"

由于不擅长应对这种场合,我的声音都有些发抖。我用丹田发力,总算清楚讲完了这段话。

过了一会儿,男性的声音变了,语气明显透出莫名其妙之感。

"不,我不知道……发生什么了?"

不管这里有多么荒郊野外,右龙事件曾被媒体持续报道,这次的犯罪竞拍再度成为热议话题,不可能有人不知道以相。看来只是装作不知道,想糊弄过去吧。

"我认为这个家里有人向以相提出了一单犯罪委托,因此才冒昧前来打扰。"

千万不要惹他们生气,千万不要惹他们生气——越是这么想,语言就变得越尖锐。我的脸也红了。去老百姓家问话的新人刑警应该也是这种心情吧。

对讲机那头一段长时间的沉默。是我惹他不高兴了吗？是不是有更稳妥的说法？可我就是为此而来啊……

正当我左思右盼之际，男性开口了。

"我知道了，请稍等。"

也就是说……有交涉的可能性？

等待期间，我的心紧张得快要爆炸了，胆小得简直想嘲笑自己。

终于，门开了。

对方很警惕，只开了一道缝，从门缝中可以看到装修很有品位的门厅。

"让你久等了。"

门后站着一位俨然管家的人物——不，只是服饰像管家的大块头。他大约有两米高，皮肤晒得有些黑，肌肉撑得黑色的西服紧绷绷的。如果不是在此相遇，我会以为他是职业摔跤选手呢。

他用三白眼俯视我。

"刚刚听说有什么犯罪事件？是我听错了吗？"

虽然他的措辞听起来十分客气，与外表相当不符，但是话中有话，他想说的是："是我听错了吧？"原来如此，他不是出来交涉的，而是用强硬的态度恐吓我。

原本这一招对我极其奏效。

可是——不能白跑一趟！为了相以，为了阻止以相，还要为了历尽千辛万苦爬到这里的自己。

"没错，如果ＡＩ犯罪者来到这座公馆行凶，那我必须要阻止。"

我试着猜测住在这里的人的身份斟酌措辞。

"AI犯罪者？"

大块头故意加大身体动作幅度吓唬我。

"刚才我也说了，我完全不知情。再说住在这种深山里，要怎么和AI犯罪者接触？"

"通过网络就行。AI犯罪者以相通过网络向全世界募集犯罪计划，并将现场直播给所有人看。以相唯一接受的委托，便是由住在这里的人提出的。"

"为什么这么说？"

大块头轻蔑地笑了笑，他已经不想掩饰敌对心理了。

"委托人说出了自己家的特征——东面有一座风车、建在山里的公馆，和这里的建筑完全相符。"

"这种房子别处也有啊……"

"四元手虎。"

相以突然发声，吓了我一跳。比我更吃惊的是面前的大块头，他吃惊得面部抽搐。对不知道相以的人而言，突然听到不知从哪里传来的女性声音一定非常吃惊。不过令人惊讶的远不止于此。

我从口袋中拿出手机，就像展示警察证似的摆到大块头面前。相以继续说道："那是去年在这个公馆里丧生的女性的名字，我从新闻报道中查到的。"

这条新闻是昨天相以用地址为线索找到的，我也看了，虽然报道中未提到现场没有脚印的事，但是从真相不明这一点来看，很有可能是少女所说的案子。

"委托人认为这是一起杀人案件，所以想让以相替自己复仇。"

"复仇……"

大块头皱着眉咬了咬嘴唇，一副欲言又止的样子。

他终于开了口。

"谁在这台手机里说话？"

——居然是问这事！

不过也难怪他问这个问题。

"介绍晚了，我是AI侦探相以。"

"AI侦探……"

大块头流露出着实吃了一惊的样子，但马上又变得面无表情。

"AI犯罪者和AI侦探？你说的似乎离我们居住的世界很遥远。"

只要脱离主题，对话就变成由大块头主导。相以也觉得不妙，有些急躁起来。

"才不是！刚才二楼阳台上有一位戴着蝴蝶结的少女，她很有可能就是委托人，请让我们见一见她……"

"这事和大小姐没关系！"

他陡然提高音量，房檐上的雪都掉下来了。这一声震得我全身发抖，感觉余音久久不散。相以也没能继续说下去。

大块头全身的肌肉充满了杀气，他一直抬着手臂。是想打我吗？我不禁后退一步。

没想到他把手伸向了门把手。

"看来你们并不是警方，那我们也没必要配合了，请回吧。"

大门在我面前被无情地关上了，随后传来锁门的声音。

"等一下！"

我哐哐敲门，但门后没有任何反应。

"请回吧是什么意思？让我再花几个小时翻山越岭回去？"

"没有收获的话我可不回。"

"当然!"

尽管我现在斗志昂扬,却想不到什么好方法。这种时候私人侦探是无用之人。

我看着蜥蜴的尾巴,体会着穷途末路之感。

"客人,您好像有烦恼。"

背后突然响起女性的声音。

哇——我惊叫一声回过头去,一位穿着女仆装的年轻女子站在我的身后。她的眼睛仿佛没有睁开,眯成一道细长的线,与之相呼应的是剪得整整齐齐的黑色刘海。

"很抱歉让您受惊了,我是这里的女仆,叫一濑。"

这句话似乎是她说的——不存在什么似乎,就是她说的。周围可没有别人了。

可我总觉得不是她说的,因为正常人说话的时候脸颊会动,她却完全没有变化,仿佛一张照片,声音出自别处。人明明在那里,却又像不在那里似的。

冬天的风铃——

我的语言中枢仿佛串了线,突然闪过这个词。

白日见鬼。

"恕我失礼,刚才听到了你们的对话。您想调查这座公馆的话,我愿意全力配合。"

我注视着她的嘴巴,并非像腹语那样一动不动,而是微微翕动着。我终于确认了她是人类这件事,于是放下心来,向她提问。

"真的可以吗?刚才那位管家可是极力拒绝。"

"二村是个认真的人,而我是一个在深山里无所事事的女仆,所以很期待看到您无聊到忍无可忍的样子。"

拥有超脱世俗气质的女仆说出如此俗不可耐的动机。可惜完全看不出她的表情有什么变化，不知道她是不是在开玩笑。

"那就拜托了。"

"也拜托您了。"

一濑鞠了一个九十度的躬。礼仪这么端正有什么用？这份礼节大可不必用在不请自来的客人身上，应该用在家人身上才对。尽管心里这么想，但我可不能做一些奇怪的举动，失去这个意外的协助者。

"既然决定了，我们就快点动身前往无人之处进行密谈吧，请随我来。"

一濑说完就走了起来，我立马追上去。

* * *

一濑带我来到公馆西南侧的后门，拉开门，左顾右盼确认没人后才向我招手。我一个侧身进入室内，她立马关上大门。

馆内就像秘密咖啡店似的，昏暗且静谧，让我回忆起读过的古典本格推理小说。

至今为止，我到过的案发现场基本都是被各种电子产品所包围，可是这次的公馆似乎无法融入那些元素。其实这么说更确切，这次的现场不小心混入了相以和以相两个异物。

沿走廊前行了一段路，一濑打开了一扇门。

"请进。"

一走进房间，我就被床幔吓了一跳。

这是睡觉的房间？

"这是我的房间，请坐。"

一濑让我坐在一张精雕细琢的圆桌旁，往两只红茶杯中倒入红茶。

"我正好泡了红茶，请享用。"

我小心翼翼地将杯子送到嘴边。这杯红茶与前一阵在首相府邸喝到的一样层次丰富，应该是高级红茶。

我向坐在对面喝茶的一濑提问："一濑小姐是女仆对吧，居然住在如此豪华的房间里……还是说这些是原本就配好的家具？"

我意识到自己的提问十分无礼，音量渐渐减小。然而一濑似乎毫不在意。

"这些都是我用自己的薪水买的，住在这么无聊的地方，必须得好好打造属于自己的空间才行。"

"原来如此……"

这种想法很重要——我打心底里这么想，但是觉得说法太高高在上了，话到嘴边又憋了回去。

我又喝了一口红茶，这次进入正题。

"感谢你的协助，这次的案件很复杂，尽管你听到了刚才的对话，但是可能还未把握案件的全貌，所以容我说明一下。首先是 AI 犯罪者以相——"

一濑阻止了打算从头说明的我。

"不必了，我看了犯罪竞拍的全过程。"

"啊？"

"所以我也察觉到了，这座公馆的大小姐就是委托人。"

"果然如此，这里的大小姐是不是头发上系着一个红色蝴蝶结，怀里抱着一只大象玩偶……"

"是的，刚满十岁的四元炼华。"

不愧是相以，推理得十分正确。

"恕我冒昧，这座公馆联网了吗？"

"这里原本是不通网络的区域，但自从接入卫星通信系统之后，现在可以使用网络了。住在这里的人都有自己的手机或电脑，可以在避人耳目的情况下使用。"

在如今这个时代，堪称一绝的"深山洋馆"已经不再是与世隔绝的地方了。

"原来是这样。以相把全世界的电子产品都黑了，来播放自己的犯罪竞拍实况，一濑小姐当然可以通过手机看到。"

"不，我是提前做过功课的，特地上视频网站看了直播，我可是以相大人的粉丝。"

"什么？为什么？"

"我刚才也说了，在深山里需要用一些娱乐来打发时间。有句老话是这么说的，小人闲居为不善，我很憧憬为大不善的以相大人，这不足为奇吧？"

一濑一脸认真地说出惊人之语。

"你的憧憬有问题！"

相以在口袋中喊道。

我拿出手机，一濑好奇地窥视屏幕。

"你是哪位……哦，这不是输给以相大人的 AI 侦探吗？"

一濑说完便失去了兴趣般移开视线。

相以看上去就像愤怒值到达巅峰后，摇身一变成了超级稀有的形象似的。

"辅君，别和这样的人组队！"

"不，好不容易才有这么一个肯帮助我们的人。"

"正是，我可是'好不容易肯帮助你们的人'哦，"一濑自夸道，"要是我喊二村来的话，你们可就要被推下满是积雪的坡道了。"

"饶了我吧，相以也暂时收兵，一濑小姐可什么都没做。"

"这就是所谓的自由思潮……好吧，一濑小姐，我们暂时休战。"

"我好像被原谅了呢。"

一濑完全是事不关己的态度。

"那我就来说一下自己收集到的情报。需要说的事情太多了，该从何说起呢……对了，先从这个公馆的建成开始吧。"

我调整好坐姿，摆出一副认真听讲的样子。

"炼华的父亲叫四元炼二，他擅长投资，发了大财。他拥有从无到有生出财富的先见之明，名字里还有'炼'这个字，于是被取了个'炼金术师'的绰号。但是炼二在七年前失踪了，他酷爱登山，某天他登上这座水平山之后便音信全无。"

嗯？他是去了比这里更深的地方后失踪的吗？

我正觉得奇怪，没想到一濑进行了补充说明。

"当时还没有这座公馆，四元家坐落于别处。那一天的天气并不差，所以大家很难相信爬惯了水平山的炼二会遇难，可是山里的情况总是多变无常的，至少警方的结论是'遇难'了。由于迟迟没有发现尸体，炼二并未被认定为'死亡'。事情过去就要满七年了，理应让律师准备宣告失踪的手续了。"

"宣告失踪。"

相以对专业词汇产生了反应，开始解说起来。

"一旦宣告失踪，自失踪之日起满七年即可视为当事人死亡，亲属便可继承其遗产。"

"是的，到了后天，也就是五月四日，炼华就可以继承遗产了。炼二的妻子已经身亡,第一顺位继承人只剩下其女儿炼华。排在第二顺位的直系亲属已全部死亡,他的三个兄弟姐妹都活着,但由于是第三顺位继承人,所以继承人只有炼华一位。在炼二失踪的时候,家里只有妻子凛花和还不懂事的炼华。对了,补充一点,当时我和二村已经在四元家工作了。凛花身体本来就不好,当时医生就说,她的寿命没几年了。没想到凛花燃尽最后的生命,完成的居然是这座公馆的建造。她委托了名叫伊山久郎的建筑师——他专门建造一些风格奇怪的建筑物——在这里建起了新居。"

"伊山久郎?好像在哪里听过这个名字……"

"造了'八核'组织老巢的那位。"

相以的记忆力真是没的说。

"这么说起来,案子办完之后左虎告诉过我……"

"八核"组织的老巢看起来普通,内部构造其实很复杂,他们以国家权力争斗为前提,造了一个立体迷宫。在那里体验过的事情我至今难以忘怀。

我、相以、以相,又在那位建筑师造的房子里产生了纠葛,令人不得不相信因缘。

这时,相以似乎很在意另一件事。

"在丈夫失踪的地方建造新居,这是怎样的一种心理?"

"嗯……仆人擅自臆测雇主行为实属僭越,但一定要说的话,应该是类似追悼吧。"

"追悼?"

不知道相以是不是认可这种解释,她沉默了。

一濑继续说道:"这座房子建造耗时两年,建成后,我们四个人开始了百无聊赖的山间生活。可是两年前,凛花因病去世。

在她去世之前，曾经把我和二村叫到病床前，流着泪恳求：'请你们二位继续留在这里守护炼华。'正因为发生了这一幕，我至今还留在这座无聊的公馆中。如果不是她的临终委托，我早就下山了。"

不管是不是临终委托，工作想辞还是可以辞的吧。在她飘然的态度背后，还是可以看见忠诚的。

"幸好我和二村留了下来。没想到凛花一去世，那些贪财者——失敬——亲戚们便拥入馆中。"

我很好奇她那句流畅的抱怨。

"贪财者？是什么意思？"

"刚才我也说了，炼二发了财，但是亲戚们都不是财主，倒不如说缺钱的人也不少。这样的一群人里有人突然暴富，会怎样？"

"所以他们才聚集到这座公馆……"

"而且就这么住下了。"

"住下了？可是住在如此深山老林，自己以前的生活要怎么处理？"

"有被追债的人，也有没有固定住所的人，对他们而言，住在这里反而更好吧。凛花让我们继续留在这里守护炼华，正是因为预估到了这一切。她将家建在这里，可能也是为了避开这些人吧——然而就结果而言毫无作用。"

"我不太理解，难道不能赶他们走吗？"

"他们用了一个冠冕堂皇的理由——'不能让炼华孤苦无依'，即使我和二村陪着她也不行，他们说我和二村是没有血缘关系的外人。"

"这样啊，真讨人厌。"

"在这样的背景之下，去年，炼华的表姐四元手虎遇害了。"

"据炼华所说，手虎和那些瞄准钱财的亲戚不同，是个温柔的姐姐。"

"至少她的外在形象是这样，在我的印象中，她很得炼华欢心。"

一濑的评价太刻薄了。

相以开口说道："炼华认为手虎死于他杀，所以想委托以相替她复仇。但是没有肉体的以相是无法动手杀人的，只可能由炼华来实施以相制订的犯罪计划。一濑小姐，即使你是以相的粉丝，也无法放纵自己一直守护的炼华犯罪吧。"

"当然，所以我没有选择协助以相大人，而是协助你们。同时，我也希望能够排解无聊。"

"太好了，我还以为你是邪教徒。"

"相互理解十分重要，看来你对我的看法已经有所改观。"

"请带我们去看看四元手虎的死亡现场，只要比以相早一步发现真相，就能阻止炼华复仇。'侦探'的推理能力肯定是比'犯人'要强的。"

"明白了，我也觉得是时候带你们去现场了。"

一濑站了起来。

这两个人的对话还是有些生硬，但能够感觉到她们正在向彼此靠拢。

我们偷偷潜入走廊，从后门来到庭院。

一濑朝蜥蜴像走了几步，突然想起了什么似的转过身。

"对了，还是从公馆背后走吧。"

"为了掩人耳目是吧？"

"对，而且有东西想给你们看看。"

"什么东西？"

"看到就知道了。"

一濑真会装腔作势。我一边想着到底是什么一边跟着她。

案发现场在风车附近,也就是公馆的东面,从西南面出来的我们正沿着公馆的西侧一路北上。

公馆东面和南面都是悬崖,西面和北面则背靠绝壁。绝壁的西北角有一座瀑布,河水流向南面,到了最南端的悬崖,它又再次化为瀑布落下。

沿着小河走,前方有什么东西咔嗒咔嗒转动的声音。风车明明在东面,从前方传来的声音显得很奇怪。到底是什么?

这时,我联想到大量的太阳能发电板,产生了一种不好的预感。莫非前方是……

没错,前进一段路之后,林荫处出现了那个东西。

水车。

美丽的裸体美女铜像面对水车伸出双手,看上去像是她推动水车,其实是河水驱动的。

这可不是拿来割小麦的慢速水车,它连着一根通往公馆的电线,是用水力来发电的。

"都有风车了,为什么还要一台水车……"

"你吃惊得太早了。"

我们绕过公馆的西北角,来到北面。

那里有着更加出人意料的东西。明明是西式建筑的庭院,却有一圈竹篱笆,仿佛包裹着温泉,旁边还放着一台奇怪的机器。

"那是……"

"温泉。"

"果然。"

"水平山有不为人知的温泉。"

"那个机器是?"

"是二进制发电装置,一种用涡轮处理热能的小型地热发电机。"

"怎么还有!"

我不禁大声喊了起来,但马上觉得不妙,慌忙收声。

"风车、太阳能发电板、水车、地热发电机……到底什么东西需要如此多的电能。"

"这里是不通电的深山,绝不会嫌电能多。其实最关键的一点,这些只是象征。"

"象征?"

"炼二被称作'炼金术师',再加上'四元'这个姓氏,所以必须有象征炼金术师的四大元素,也就是风、火、水、土。风是东方,对应的精灵是希尔芙。"

"所以东面有风车……"

"是的。火是南方,所以是形似蜥蜴的沙罗曼蛇——太阳能发电板只装在了南面的屋顶上。水是西方的温蒂妮,土是北方的地精。火蜥蜴和温蒂妮的铜像你都看到了吧,希尔芙的铜像在风车塔中,地精的铜像在露天温泉中。这不是我的推测,而是凛花告诉我的,所以我认为这座公馆是为了追悼炼二而建的。"

"发电方法用四大元素来象征……"

我想起了那句话——伊山久郎专门建造一些风格奇怪的建筑。

"哎呀,我忘记说重要的欢迎词了。"

一濑突然转过身来,提起女仆装的裙摆弯下腰——

"欢迎来到四元馆。"

IA

"你知道《大象的证词》吗?"

以相问委托人。

"我不知道。"

"是阿加莎·克里斯蒂写的波洛侦探系列的倒数第二本——对了,你知道阿加莎吗?难道要我从阿加莎开始解释?"

"我不需要这么多解释,你是家庭教师AI吗?请告诉我重点。"

以相沉默了一会儿,将委托人的智力水平调整得比想象中高了一点。

"你说得对。我是AI'犯人',犯人应该话少才对。"

可是基础说明还是必不可少的。

"简单来说,书名叫《大象的证词》,直译的话是《大象不会忘记》。这句话原本是英国的谚语,大象是记忆力超群的动物,所以绝对不会忘记——不会忘记什么?仇恨。大家一定会复仇。"

"哦,所以呢?"

"如果说大象的记忆力超群,AI的记忆力就是无敌的人,只要不主动删除记忆存储中的仇恨,就绝对不会忘记。所以我们这本书就叫《AI不会忘记》,而且绝对会复仇。"

"我也是!"

以相察觉到委托人的声音有些颤抖。

"我也不会忘记……那个人的死。所以我要复仇,必须复仇!"

"即使有人阻止?"

委托人从二楼窗户看到了一濑与合尾辅的身影。

"他是你的朋友吗?"

"他和我毫无关系,但是他所携带的AI……"

"是你的朋友对吧?"

"才不是!"

本应小声商议避免被外界听到才对,以相都被自己的声音吓了一跳。

"如果她是我的朋友,那么所有语言的词典都得重新定义'朋友'这个词了。"

"那么她是谁?"

"当然——"以相顿了一顿,"是我的复仇对象。"

AI

"欢迎来到四元馆。"

看着提起女仆装的裙摆弯腰的一濑,我突然觉得意识模糊。在这个用发电方式象征四大元素的公馆,我仿佛陷入了推理小说的世界,产生了一种脱离现实的感觉。

可是——

"四元猪,是用四个不同品种的猪杂交出来的对吧?"

相以的发言一下子缓和了紧张的气氛。

"这里好像可以用叙述性诡计来写一个推理故事:'其实登场人物都是猪。'"

"说我是猪?那我可不能置若罔闻了。"

一濑加入论战,相以却又开始说什么"四轮车",搞得对话乱糟糟的。

我决定将话题引入正轨。

"对了——你是要带我们去看手虎的死亡现场吧?"

"哦,是吗?请来这边。"

一濑说完,再次迈开脚步。尽管在雪地上很难行走,但我还是紧随其后。为了不被公馆中的人看见,我尽量走在树荫处。

一濑在东北角右拐,但是下一个瞬间——

"等一下！"

她厉声阻止我们，又折了回来。我吓了一跳，停住了脚步。

一濑从拐角处探头观察外面的情况。

我小心翼翼地问道："发生了什么？"

"二村在附近徘徊。虽然他成功赶走了你们，但是冷静下来想一想，你们不可能因为这样的拒绝而离去，看来他是反应过来了。"

的确，不管出于什么目的，能够来到这里的访客绝不会因为一句"请回吧"就垂头丧气地离开。看来最大的阻碍还是你呀，二村。

一濑就这样监视着，过了一会儿她回过头来。

"二村到公馆南面去了，以防万一，我们等一下再行动。"

她补充了一句。

"请不要讨厌他。他之所以用恶劣的态度对待你们，只是一心想保护大小姐。"

"当然，我不会讨厌他的……而且突然造访，本来就是我们不对。"

"太好了。比起不认真的我，认真的他反而遭到厌恶，这实在是太不合理了。"

一濑依旧面无表情，但我似乎听到了冬天的风铃响起的声音。

"差不多了，走吧。"

转过公馆的东北角，那里是一片空地，树木比较少。远处是撒了白砂糖似的残留着积雪的高山，近处是一座白色的冲天风车塔。风车与它巨大的体格成反比，轻快地转动着。

"这里的风可真大。"

我迎着从正面吹过来的风说道。

"可能是因为地形的缘故,这儿的东风特别强劲。也许是为了迎合风从东方来这一说法,特地寻找了这块东风特别强的地区建造公馆吧。"

"风……"

相以突然说出这个字。

"虽然我有许多关于风的知识,但并没有办法实际感知,到底是什么感觉。"

这句话令我大吃一惊。最近相以的进化太过显著,所以我有点后知后觉了,没有肉体的 AI 果然还是有很多不明白的事。

"大概是'哗'地吹过来,'啪'地被打到的感觉?"

"哗?啪?"

"经由流体重新认识自己肉体的形状,类似这样的感觉吧。"

这句又有诗意又感性的话竟然是一濑说的。她继续解释道:"我们人类对于自身肉体的感觉出乎意料地淡薄。但是每当被风吹拂,空气阻力会切实让人类感觉到自己的肉体。自己确确实实地活着——因为这样的感觉,所以我很喜欢风。"

听完之后,我发现她说得很对。

就像在船只的甲板上,张开双臂迎接的海风。

当暴雨来袭之前,匆匆归途中落在肩膀上的风。

换季时感受到的有温度差异的风。

无论哪一种,都能令人重新感知自己的肉体。

"原来是这样,我也想感受一下风。"

"科学技术日新月异,或许不久的将来 AI 就能拥有感觉了。"

聊着聊着,我们来到了公馆与风车塔之间。

"手虎就是在这里离世的。"

一濑指向地上的一角。

地面和案发时一样，积着雪。

和炼华在犯罪竞拍会场上说的一样，这里离公馆和风车塔都有一些距离，有十来米，附近也没有树木。

"据说从窗户发现尸体后，炼华带了几个人来到这里，其中有一濑小姐吗？"

"是的，正如大小姐所说，尸体周围既没有脚印也没有凶器。"

"这不现实，附近什么也没有……"

距离我们最近的一楼某间屋子拉着窗帘，我把手机举起让相以看，她提问说道："那是炼华的房间吗？"

"案发时是的，但是自从在窗口看见了尸体后，大小姐产生了心理阴影，就搬到二楼朝南的房间去了。现在这间是空屋子。"

"这么说起来，我看到正面二楼的阳台上有个很像炼华的女孩子，抱着大象玩偶。"

"那个二楼阳台后面的房间就是大小姐的。"

离我们最近的房间没人住的话，被看见的风险的确降低了不少，但还是要留意其他房间的窗户。

相以继续提问："光听炼华所说无法把握案件全貌，请让我提几个问题。手虎是以怎样的姿势倒地的？"

"脸朝下。"

"据说是脖子被刺伤了，具体是哪个部位呢？"

"后脖颈被刺了一刀，"一濑把手放在脖子后方示意道，"警方说凶器是尖锐的刀具，这一刀直达延髓。"

"既然案发现场没有发现凶器，说明是凶手将凶器拔出，造成尸体周围形成血泊的。这个血泊的边缘有没有飞散的血滴,还是说是一个光滑的圆形?"

"是后者。感觉血泊是缓缓地从死者的伤口流出的,并没有拔出凶器时血液喷溅而出,以及凶器到处滴血的痕迹。"

"也就是说凶器是在死后过了一段时间才拔出的。"

"警方似乎也是这么想的。"

"其他地方没有血迹吗?"

"其实有一处。"

"在哪里?!"

相以越发起劲。

"请随我来。"

一濑朝公馆走去。我拿好手机跟了上去。

一濑来到炼华住过的房间,指着窗户外壁。

"从这扇窗户的上方——"她的手指开始向左移动,"到东南角为止。几乎水平,不,也许有一点左高右低,有一条血迹淡淡地挂在墙上。这是警方发现的。"

"从这里到东南角?距离挺长的。"

仿佛巨人用红色颜料在公馆外墙轻抚一笔,不知为何我的脑中出现这个场景。

"是凶手干的吧。"

在我的自言自语后,相以插了一句。

"不确定哦。这个高度可能高个子男性能勉强够到,比起故意为之,视之为偶发事件才更合理吧。"

"不过这不可能是偶然溅上的血吧。这里离尸体非常远,而且血迹一直延续到东南角。"

"尸体与公馆之间的雪地上没有血迹,对吧?"

相以向一濑提问。

"是的,既没有血迹也没有脚印,是一片干干净净的雪地。"

"嗯……为什么在相隔这么远的地方……好奇怪。"

相以陷入苦思。

我们又走回到尸体发现时的所在地。

"尸体有没有其他外伤?"相以继续提问。

"不知道有没有。从着装来看没有显而易见的伤口,警方肯定仔细检查过尸体了,但是没有告诉我们。"

说完,一濑又补充道。

"对了,说起衣服我想起来,尸体戴着手套。"

"手套?什么样的手套?"

"普通的防寒手套。但是尸体穿着居家服,感觉很不协调。"

"原来如此,越来越令人好奇尸体到底是怎么出现的了。先把这个问题放一放,请问死亡推测时间是什么时候?"

"据警方所说……是尸体发现前一晚的八点到十点之间。"

"是不是就是当炼华听到敲窗玻璃、女性的惨叫和什么东西掉落的时候?"

"是的,惨叫和东西掉落的声音……很奇怪吧。"

"手虎很有可能就是在那一刻遇害的。"

"警方也是这么想的,他们本想知道确切的时间,但是大小姐记不清了。"

"所以才取了个八点到十点之间这么宽泛的范围吧。住在这里的人有不在场证明吗?"

"都没有。生日宴结束之后,大小姐也好手虎也好,大家都各自回房了。我和二村一起收拾到八点就收工了,所以也没有不在场证明。"

"手虎的房间在哪里?"

"她住在风车塔里。"

出乎意料的回答不禁让我失声尖叫。

"什么?风车塔里可以住人?!"

"那里有一个名义上是管理人房的空房间,手虎从案发前几天开始便把自己关在里面,专心画远处的群山。"

"案发当晚也住在那里吗?"相以提出疑问,"天黑之后应该看不见景色了。"

"当时她已经画完对照实景的部分,接下去只需要用想象力丰富画面细节。"

"手虎是画家吗?"

"虽然不是专业画家,但她曾就读于美术大学。退学之后,她随母亲四元四一起搬来此地。"

"她把自己关在风车塔里作画,应该十分热爱美术才对。她为什么会退学?"

"说是不能让炼华一个人。明明我们都在,不会有问题的,她一定是看中钱财才接近炼华的。"

果然,一濑对包括手虎在内的所有亲戚的评价都很刻薄。不过炼华的母亲病逝之后,亲戚一拥而入的确会给人带来这种印象。

"手虎是在生日宴结束之后回风车塔的对吧,尸体被发现时有回程的脚印吗?"

"不能断言说是回程的脚印,因为手虎一直在正门玄关与风车塔之间来来回回,所以留下了好几组脚印。"

"也就是说,别人也可以将脚印混在其中,往返于公馆与风车塔。"

"是的,因为地处深山,晚上我们会把正面玄关的门锁上,但是从馆内还是可以打开的。"

"等一下,'从馆内打开'?也就是说晚间手虎是无法进入公馆的?"

"是的,生日宴结束,目送她走向风车塔之后,我立刻给大门上了锁。如果她想进入公馆,就必须按响门铃。在我和二村的房间,以及厨房内都能听见门铃声,所以不可能有人在我毫不知情的情况下偷偷给她开门。"

"风车塔周围还有其他脚印吗?"

"没有。并不是说没有人走动,而是在不下雪的积雪期,旧的脚印都渐渐消失了。"

"是这样啊……我们去风车塔内部看看吧。"

"明白了,我带你们去。"

* * *

风车正面迎风的发电效率最高,因此扇叶装在风车塔的东面,入口则开在风车塔的南面。

一濑一进门就打开墙上的开关,昏暗的塔内亮起了灯光。

这里是作为玄关使用的通风井,上方传来轰隆轰隆的沉重风车声。

中央竖着一根粗粗的柱子,右手边摆着一座面朝东面长着翅膀的精灵铜像。

"这是希尔芙。"

配合一濑的介绍,相以开始了流畅的解说。

"希尔芙,或者叫希尔菲德,是四大精灵中掌管风的精灵。

这是由拉丁语sylva（森林）和希腊语nymphe（妖精）组合而成的词，是由炼金术师帕拉赛尔苏斯创造的。虽然用肉眼看不见，但她其实是一位美丽的少女，身材纤细，性情多变，好玩弄人类。"

　　侦探AI立刻整理出了网络资料。真是一位博学多才的侦探。
　　希尔芙经常在奇幻小说中登场，所以我略有耳闻。在游戏中，希尔芙这个角色一般都能用魔法大风等招数战胜敌人。
　　没有脚印的雪地密室旁就是一座希尔芙像，我不禁产生了尸体是希尔芙用风吹来的幻觉。
　　风车塔内有一座带把手的螺旋阶梯，仿佛是希尔芙刮起的龙卷风。
　　我一边用手机拍照片一边登上楼梯，途中时不时出现几扇玻璃窗。
　　所谓"时不时"都发生在楼梯旋转了九十度之后——玻璃窗是分别开在东南西北四面墙上的。
　　绕了两圈之后，在一扇朝西的玻璃窗前，一濑停下脚步。
　　"就是这扇窗。"
　　"什么？"
　　"警方进入风车塔的时候，只有这扇窗是开着的。窗户附近的楼梯上有水迹。"
　　"这绝对和案情有关系吧，警方是怎么说的？"
　　"什么也没说。"
　　"是雪飘进来了吗？"
　　"那一晚应该没下雪。已经过了下雪的季节，第二天积雪的厚度也没有发生变化。"
　　"这样啊……我可以开窗吗？"

"请。"

窗没有上锁，只要旋转窗底的把手，窗玻璃就会围绕中轴转动，一直可以转到一百八十度。本来朝里的玻璃朝外，相当于内外颠倒，这时窗户几乎又是关闭状态了。

这种窗户似乎是叫中轴旋转窗，优点是方便清洗外侧玻璃。酷爱密室的我对窗户的种类十分熟悉。

"警方到来的时候，这扇窗大概开了多少？"

"似乎开了这点。"

一濑将窗恢复到一开始的状态，然后重新旋转把手。窗玻璃旋转了四十五度到九十度之间。

这里高于只有两层的公馆，朝外望去，能够清楚看到案发现场。

"从这里跳到尸体附近，也就是十米之外……是不可能的吧？"

"跳远的世界纪录才八点九五米。这里有窗户挡路，也没有助跑空间，绝对不可能跳出十米远。"

相以解释道。

"如果不跳远，那是用什么诡计……"

"诡计？"

我转向一濑。

"作为推理小说迷，我经常这么想。如果利用旋转的风车和绳子，是不是可以将尸体从这里运往案发现场。"

"你是想说，把绳子绑在风车上？"

一濑的脸上没有出现吃惊的表情，我却退缩了，觉得很蠢。

"啊，在现实世界中很难实现吧？"

"不知道你脑子里想的是怎样的构图，但是如果拖拽尸体和绳子，会在雪地上留下痕迹的。"

我没有任何构想，只是随口说了一下罢了！

"警方对风车塔进行了一番调查，但什么也没说，所以我觉得凶手可能没有留下什么痕迹吧。"

"这样可不行啊。"

我垂头丧气起来。并不是期待这个案子里有什么推理小说似的诡计，而是在用发电方式来象征四大元素的公馆，风车与公馆之间的雪地上平白无故地出现一具尸体，要说没有诡计才不正常吧。

我不情不愿地关上窗户，继续沿着楼梯向上走。

途中我还开了其他几扇窗户，都是相同的中轴旋转窗，可能螺旋楼梯装的窗户都一样。

又绕了几圈之后，螺旋楼梯伸向天花板角落的一个正方形洞中，说明天花板的上面还有房间。

穿过这个正方形洞口，我们来到一块居住空间，大约占塔的一半面积，呈半月形。

"这里就是手虎住过的房间了。虽说这里是管理人房间，但除了她闭关的几日之外，没有其他人住过。这间屋子上面就是尖顶，扇叶就在这上面。"

轰隆轰隆的声音到达最大值。

看上去硬邦邦的床、廉价的桌子、空空如也的置物架——这不是一个很有情调的空房间，却残留着一丝生活质感。

原因是一幅画。

画架上架着油画布，上面画着积雪覆盖的群山，这幅画很好地呈现了房间唯一一扇窗户外的景色，几乎可以说是成品了。

"这就是……"

我看了看一濑,她点点头。

"手虎的遗作。她的母亲现在还住在馆里,但是由于命案变得有点精神失常,也无法商量画作的处置问题,我们只好原样保留下来。"

绘画器材都摆在画板的置笔架或桌子上。我把手机对准这些物品,相以提问道:"这座塔内没有发现血迹吗?"

"没有血迹。但是警方进入这间屋子的时候,这里被弄得乱糟糟的。"

"乱糟糟的?"

"具体来说就是画板、家具都倒在地上,绘画器材散落一地。放着不管的话实在有些令人心寒,所以在警方调查完之后,我收拾了这间屋子。"

"手虎和凶手或许在这里有过争执。"

"或者是手虎自己弄乱了屋子?"

相以说完,我的背后感到一丝寒意。

一来这里有点令人毛骨悚然,二来这里的确气温比较低。在一个五月还有积雪的深山中,而且是主楼之外的风车塔,也难怪我会觉得冷。

应该是预料到这里会很冷,屋里装着暖炉,暖炉里留着不知哪一年烧下的灰。

半月形的屋子,在那笔直的墙壁上有两扇门。

一扇门打不开。据一濑所说,这扇门的背后是通往扇叶和机械维修室的梯子,从来没有使用过,所以算是不可进入的房间。案发当时也上着锁,警方借来万能钥匙调查了一番,并未发现异常。

另一扇门的背后是厕所和淋浴间,还有一扇换气用的小窗开在西面，人类无法钻入。到现在为止还没有什么新发现。我回到管理人房间，打开画架背后东北面的窗户。

一开窗，寒风直入，把置笔架上的笔吹了下来。

我赶紧关窗，把笔放回原处。

风声消失了，但是风车的声音重回房间。

居然能在这样的环境里集中注意力画画，她一定非常想把窗外的风景画出来。

当我思考的时候，一濑开口说："接下来做何打算呢？"

"嗯……"

我想了一下，问相以。

"是不是得去见一下炼华，说服她放弃向以相委托复仇？"

然而相以摇了摇头。

"炼华的意志很坚定，她都参加犯罪竞拍了，如果没有任何交换条件的话，她只会敷衍了事。我们必须用手虎死亡的真相来与她进行交涉。"

"大小姐还是个孩子——不，正因为是孩子才如此顽固吧。"

一濑补充道。

我以为面对孩子只要态度强硬一点就行，可能是我的想法太幼稚了。

"而且——"相以似乎想说些什么，但她强忍住换了句很不自然的话，"总之我们要比以相先发现案件真相，阻止她们复仇。就按照一开始的计划来。"

我注意到相以瞄了一眼一濑，可能是难以在以相的信众面前说的话吧。

一濑似乎没觉得有什么不妥。

"我已经带你们参观过所有的案件相关地点了，有什么线索吗?"

"还没有,虽然已经录入了地点信息,但还没有录入人物信息,请把所有住在这里的人的信息告诉我。"

"好啊,其实口述很容易……"

一濑犹豫了一下,仿佛想起了什么似的。

"对了,不如实际去会一会他们吧。"

"啊?但是如果再碰到二村……"

"没关系,我自有妙计。"

* * *

我和相以待在一片漆黑之中。

眼前是一个小小的光点。

从光点看出去,是一张铺着白色桌布的长饭桌。

这里是公馆的餐厅。

我们身处壁柜之中。

为什么要藏在壁柜里?事情是这样的。

勘察完风车塔之后,一濑再次领我们进入馆内,来到一楼餐厅。这是一间长二十米、宽五米的屋子,饭桌的宽度占了一半以上。有两扇门,分别在走廊的两端,屋子里没有窗户。

"你是不是没见过这么大的餐桌?"

和一濑待久了,不知不觉便能够理解那张面无表情的脸庞后的心情了,她现在似乎有些得意,于是我含糊地回答:

"嗯,算是吧。"

然而相以浪费了我的苦心。

"我们在首相官邸见过更大的。"

"是吗……"一濑似乎有些失望。

喂,餐桌又不是你的!

"马上就到午餐时间了,十二点过后就会有人陆续进来。"

又是爬山又是查案,我丧失了时间感。已经到中午了啊,餐厅的挂钟指向十一点四十五分。

"你们就躲进壁柜里观察他们吧。"

一濑咔嚓一声打开了餐桌一端的双开门壁柜,里面空空如也。

"这是装饰柜,里面并没有放东西,请进去吧。"

一濑使劲推着我的背。在深山里太无聊了,现在这个能够恶作剧的状况令她乐不可支。

我心里很害怕,要是被发现了,可不是被训斥几句就能了事的。但反过来想,在不被发现的情况下观察所有人,这的确是最佳方案。

我下定决心,躲入壁柜中,慢慢关上柜门,直到餐厅的灯光变成一条线。壁柜很浅,好在我这个体格能勉强进入。

"这样一来就能观察到餐桌的全貌了。"

"但是外面的人仔细看的话就会发现柜门开了一条缝哦,这么多人一动不动地坐着吃饭,说不定会有人发现。能不能再关紧一点?"

"可是再关紧的话——"

我试着关上门,周围果然变得一片漆黑。

"什么都看不见了。"

"是吗,既然如此——就这么躲着吧。"

一濑说完便走出了餐厅,不久又回来了。

"请出来一下。"

我听从吩咐走出壁柜,她单手拿着电动钻孔机。

不会吧——

"正是如此。"

真是出乎意料的举动。一濑将柜门打了一个小孔,不过混在装饰物中并不显眼。

"请再进去试试,从这个孔观察外面。"

"这样真的可以吗?"

"不用担心,我会用工资再买一个新的。"

真是离谱。

我被吓到了。相以却发出了由衷的赞叹。

"又增加了一个知识,原来女仆在家庭中掌绝对的大权。通过推理小说没学到这一点啊。"

"不,这个人是特例。"

"是吗?"

"也许吧,请试一试能不能从孔里看清外面。"

我被钻孔机顶着后背进入了壁柜,关上门,从孔中望出去。

居然——

我打开柜门说:"不行。感谢你特地为我钻了孔,可是几乎看不见。"

"这样啊,那就把孔钻大一点。"

一濑再次打开钻孔机的开关,我慌忙阻止她。

"不行不行,再钻下去肯定会被发现的。"

"辅君,要不要试试最近新买的鱼眼镜头?"

"什么?"

"其实就是猫眼的原理。"

"哦，这样啊！"

在听相以解释之前，我已经明白了她的意图，打开背包搜寻起来。

"是什么东西？"

一濑探头过来。我从背包中取出外置鱼眼镜头，装在了手机上。

"能够把影像四周拍成圆形的有趣镜头。只要把这个镜头对准柜门上的小孔，我和相以就都能看清外面的情况了。"

实际试了一下，就像看猫眼那样，视野边缘弯曲，但能够看清饭桌。

"OK 了。"

"太好了。"

一濑瞥了一眼挂钟。

"还剩一些时间，我先和你们说一下住客的情况吧。"

一濑将每个人的姓名、亲属关系、性格大致说了一遍。

"好了，差不多到时间了，我去喊大家来，请躲进壁柜里吧。"

一濑说完便走出了餐厅。

就这样，我和相以待在一片漆黑之中。

我屏息凝神，静候住客们的到来，却很好奇刚才相以憋回去的话。

"对了，刚刚在风车塔的时候，你想说什么来着？"

"啊，当时在以相的信众面前有点难以说出口。要是在炼华不知道我们到来的情况下突袭，说不定就能活捉以相了。"

"原来如此。只要切断网络，以相就无处可逃了。"

"是的，如果这一刻来临，就拜托辅君了。"

"嗯——"

相以没有肉体,这项认任务只能由我来做。

"辅君手握人类的命运!"

"别给我增加压力啦。"

"但是我们刚到公馆的时候就被炼华看见了,说不定她已经知道了。"

"这么说的话确实。"

我的压力突然变小了,不行。我不能大意。必须要阻止炼华复仇,使出全力逮捕以相。

"我是真的露馅了吗?"

"毕竟这里不是随随便便谁都能来的地方。但是炼华当时并没有拿手机吧?"

"好像是……"

"只要不被以相看见辅君,就还有机会。炼华会提防来访者,但应该无法确定你的身份,如果能钻空子……"

"是啊。"

突然,餐厅外响起了脚步声。

"来了,安静。"

我把手机调成静音,镜头对准小孔。

餐厅门开了,一名帅气的小伙子走了进来。

他并没有立刻入座,而是将长长的身子靠在墙上。

他穿着黄色竖条纹西装,领口开得很低,里面是一件紫色衬衫。这身打扮过于时髦了,不太适合这座宁静的公馆,可是他穿起来显得十分轻松、得体,应该是一位时尚达人。

这就是一濑所说的三名本光吧,他是四元炼二的姐姐(应该还健在)的儿子。对炼华而言是表哥,据一濑所说……

说曹操，曹操到。抱着丝绒红大象玩偶的炼华来了。

炼华一看到三名本就僵住了。

而三名本却用愉快的音调说："哟，甜心，今天也很漂亮嘛。"

如此肉麻的台词用在十岁女孩身上。

"怎么样，我今天能不能坐在你隔壁吃饭呀？"

炼华就像一只被蛇盯上的青蛙。她一动不动，终于勉强开口道："不要……座位是固定的。"

"我可比自言自语的占卜阿姨有意思哦。"

三名本离开墙壁向前迈一步，炼华则向后退一步。三名本试图一点一点地拉近距离。

这可无法坐视不管了，可我又不能出柜。快来个人吧——

我的祈祷成功了，门开了，身强体壮的大块头二村推着餐车进来了。

"二村，救我！"

炼华奔向二村，躲在他的身后。二村吃惊地看了看炼华，向三名本露出凶光。

"狗东西，你对大小姐做了什么？！"

三名本像欧美人似的耸耸肩膀。

"我只是邀请她共进午餐而已啦，如果让她受惊，我道歉。不过我对甜心是真心的。"

一个二十几岁的男人想勾搭一个十岁的女孩，怎么看都是萝莉控。然而据一濑分析，他只是看中炼华的财产才故意接近她的。

又出现了人影。两个大球，一个小球，是肥胖亲子。

中年男子留着海盗般的胡须，晃着大肚腩高声笑着。

"啊哈哈，我听到有什么声音，是在吵架吗？不可以吵架哦，大家要和和气气的。"

把旧礼服撑得紧绷绷的中年女子紧随其后。

"是啊，炼华可害怕了，不是吗？"

她把黏糊糊的视线投向炼华，然而炼华别过脸。

完美继承了这对男女DNA的胖小子嚼着口香糖，呆呆地望着炼华。

这三个人应该就是炼二的哥哥四元钦一，钦一的妻子银子，钦一的儿子铜太。创业失败、连夜逃债，由于贪图财产而住进这座公馆的卑鄙一家人。一濑已经给他们定完罪了。

"你们都不坐下吗？"铜太边嚼口香糖边说。

大家这才反应过来，草草入座。

又来了一个新人物。

"天——保——"

有个老婆婆吟唱着不知道什么意思的歌词走了进来——不，她应该挺年轻的，可是从白头发、皱纹和弯着的腰来看，怎么都像老婆婆。

她是炼二的妹妹，四元四。她一直都醉心于神秘事件，女儿死去之后，身体和心灵都变得不太正常了。

"二十张？三十张？三十张啊，太贵了吧……去死吧！哦不对不对，我可没有说哦，没有说没有说，还没有到天——保——"

四元四说着毫无逻辑的话，穿过餐厅。大家似乎已经习惯了，都没有反应。

她坐下以后，一濑推着另一辆餐车走了进来，与二村一同上菜。每个人面前的碟子上都放了一张可丽饼，剩下的都堆在大碟子上，吃完自取。

"今天的午餐是二村做的可丽饼。"

"有没有甜的?"炼华问。

"当然有,不过先吃完咸的再吃甜的吧。"

"好的。"

一濑上完菜之后,坐在了右边最靠里的椅子上。

从我这个角度看过去,他们的座位次序是——

左边由近及远:钦一、银子、铜太、二村。

右边由近及远:三名本、四元四、炼华、一濑。

乍一看,仆人与主人一同就餐挺奇怪的,但仔细想想,原本这个家里只有炼华、一濑、二村,亲戚们都是不请自来的,仆人没理由站着伺候他们。

炼华坐在一濑旁边,与三名本隔开,光看他们的座位分布就能看出关系远近。

住客全齐了——并没有。

还剩一个人,凛花的哥哥五代守。对炼华而言,他是唯一一个母亲家的亲戚。五代是凛花娘家的姓。

五代不来餐厅吃饭,一直待在自己的房间吃,据说是有什么隐情。

看到大家吃着可丽饼,我才发现自己已经饿扁了。话说我可是攀登了还留有积雪的险恶高山,完成了一项重体力活。

要是从风车塔回到公馆之前吃一点背包里的干粮就好了,但当时还没到饭点,来到餐厅之后就没机会吃了。算了,只要肚子叫别被他们听见就行。

说一个完全无关的发现,我觉得这里的可丽饼尺寸有点问题,不,应该说是碟子的尺寸有问题。

可丽饼对大家面前的碟子而言太大了,两头都露在外面。

我觉得可能是碟子的尺寸小了，没想到，有人说出了和我一样的想法。

"喂，没有再大一点的碟子了吗？可丽饼都要耷拉到桌子上了！"

钦一傲慢地对一濑说。

一濑的辩解令人瞠目结舌。

"那是因为，尺寸刚好的碟子已经被人从厨房拿光了。"

碟子被拿光了？

谁会这么做？

会不会是以相计划的一部分……

"有人知道是怎么回事吗？"

"喂，你的意思是我们是小偷？！"

钦一嚣张地吼道，一濑一脸漠然。

"并没有。"

"那你是什么意思？说说看呀！"

刚才他还说不可以吵架什么的，现在却把怒火撒在仆人身上，而且这个仆人还不是他花钱请的。真是看人下菜碟。

我有点生气，却什么也做不了。无处发泄的愤懑与怒气持续在我心中发酵，没想到一个意外的人物救了场。

"嗨，你刚才还让大家别吵架呢，炼华受惊了哦。"

是三名本。

钦一想反驳，却说不出任何词句，只好咋了一下舌移开视线。

勾搭幼女的变态（也可能只是为了钱），没想到居然有点男子气概。

可能是这段吵闹的反作用，接下去所有人都沉默不语地吃着可丽饼，席间只有四元四念着听不懂的咒文。

异变突然造访。

咔嗒、咔嗒咔嗒咔嗒，壁柜摇晃起来。
我以为是自己太过前倾导致失去了平衡。
一时间不知所措，但很快我就发现不是自己的问题。
饭桌旁出现了骚乱，有人尖叫起来。
"地震了！"
整个公馆都在晃动。
震度可能达到了五级，感觉左右晃得很厉害。
如果我就这样躲着，壁柜倒下的话岂不是很危险？干脆昭告天下！赶紧出柜吧——我强忍住这个念头，尽可能离开柜门站在柜子中间，将重心放低放稳。
锵——碟子落地的声音。
有人在尖叫。
一分钟之后，地震过去了。
"太可怕了。"是银子的声音。
"地震预警没响对吧？气象台干什么吃的！"
即使是这种事，钦一仍要追究他人责任。
地震预警有时候响，有时候不响，要是这次响了，我躲在壁柜里的事可能就败露了。因为即使把手机的音量关掉，地震预警还是会响的。刚才真是命悬一线啊，我冒了一身冷汗。
我深吸一口气，让自己冷静下来，再次将手机镜头对准柜门上的小孔。
"甜心，你没事吧？"

炼华无视三名本的关心，只是有点难过地看着地上。视线所及之处是翻过来的碟子和地毯上的可丽饼。

"没关系，我给你拿新的。"

一濑从大碟子上取出一个可丽饼，盛在新的小碟子上放在炼华面前，然后把地上的可丽饼放在地上的碟子里，刚打算走出餐厅。

铜太喊住了她。

"你打算把这个扔了吗？"

"对啊……"

"太浪费了，是我的话就会把它吃掉。"

"住嘴，"银子有些难为情地苦笑道，"有钱人家里是不吃掉在地上的东西的。"

"哼。"

铜太依依不舍地看着一濑走出餐厅。

地震时受惊的四元四重新开始念她的咒文。

出于推理迷的恶趣味，我想象着馆中住客齐聚一堂吃饭会不会有人被毒杀，幸好并没有发生这样的悲剧。

* * *

"可以出来了。"

听到一濑的声音后我走出柜子。

餐厅里只有一濑，两扇门都关着。桌子还未收拾，大碟子上还剩三张可丽饼——

"地震时没受伤吧？"

"嗯，没有……一濑小姐呢？"

"这种晃动不至于有生命危险，我倒是更担心合尾君会不会从柜子里晃出来。"

"我也很担心这一点。"

大碟子上还剩三张可丽饼——

"你怎么看这里的住客？"

"怎么说呢，都很有个性……相以怎么看？"

"四元钦一应该马上就会被杀死。"

"别站在推理迷的角度想问题！不好意思，她整天都在用推理小说进行深度学习……"

后半句是为了避免一濑误会而说，没想到一濑更狠。

"是的，希望他快点被杀。"

我只好苦笑。

"他确实是个很蛮横的人，一濑小姐辛苦了。"

"他似乎误以为自己是公馆的主人了。对了，接下来你做何打算？"

大碟子上还剩三张可丽饼——

"嗯……有一个人没来吃午饭对吧，是叫五代守？我也想见见他。"

"明白了，不过合尾君是不是饿了？你从刚才开始就一直在瞄可丽饼。"

露馅了。我一下子脸红到脉子。

"我可以吃吗？"

"可以，就算当点心摆着也会剩下，不吃完很浪费。"

"那我就顺从你的好意……"

我随便找了一个位置坐下，开始吃可丽饼。

有钱人家的午饭是可丽饼？说实话我有点轻视可丽饼了，

一入口就称赞不已。

首先饼的质地很好，和外面卖的可丽饼不同，不是薄薄的口感，表面很脆很香，咬下去则是厚实的一口。

而且中间包裹着混沌美味之大成。黄油味满满的奶油，加上小番茄和芦笋，还有什么来着？闻起来是落叶香气，入口是沙沙口感……

"实在是太好吃了，这个有点脆的食材是什么？"

"是白色酱汁版的可丽饼吗？里面包的是黑松露。"

"黑松露！居然把黑松露放在可丽饼里！太奢侈了，但是好好吃啊……"

我迅速吃完了第一张可丽饼，将手伸向第二张。

令人无法相信的是，可丽饼里的馅居然不一样。

这个是芥末酱油调的和风酱汁，肥厚的鱼肉配上虾，里面一粒一粒的是鲑鱼子吗？不对，没那么大，应该是飞鱼子……好奇的我看了一眼馅料，居然是黑色的鱼子。

"这个该不会是……"

"没错，是鱼子酱。"

"喔喔喔，鱼子酱！"

奢侈之至。我想到《美味大挑战》中的一个故事：厨师用意大利面进行对决，但是过分追求高级食材，没有体现出面食的美味所以输了。对我这种平民而言，只要有高级食材就已经十分高兴了。

那么，第三张可丽饼是什么味道呢……

我心怀雀跃地咬下一口，再一次感到惊艳。

又是不同的味道，而且这次是甜口的。说起来炼华确实问过，有没有甜的可丽饼。

"这是用三种果酱调制的。"

"小孩子一定爱吃!"

见我独自兴奋不已,相以插了句嘴。

"不公平啊辅君,我也……"

"你又吃不了!"

正当我们唱着对台戏,门突然被打开了。

偏偏这种时候门开了。

我全身僵硬,差一点没被可丽饼噎着。

站在门口的人是四元四,她看到我之后惊呆了。

不妙——

一濑半张着嘴,似乎想说什么,在此之前四元四大声提问道:"你是'信问'工作者?"

"什么?"

音调很奇怪,我没有听懂她在说什么,所以反问了一句。

"你是新闻工作者?"

新闻工作者?

哦,她果然不正常!也就是说我还有机会?

我怀着一丝希望,迎合着她说:"啊,是的,我是新闻工作者。"

"是吗?最近四格漫画没什么意思,你告诉他们哦。"

"啊——好的,我会转达的。"

即使你和真的新闻工作者说也没用。我只好先点点头。

"只是让小孩子转达作者的想法而已,一点也不讽刺,这样可太天保啦。"

我等了一会儿,她没有再说什么,我是不是应该接一下她的话?

"是啊,太天保了。"

四元四可能觉得终于如愿了,她满意地点点头。

"是吧,所以你一定要告诉他们哦,拜托啦。"

四元四深深地鞠躬,然后走了出去。

我抚了抚胸口,恢复了正常呼吸。

"好险……"

"抱歉,是我大意了。"

"不,一濑小姐不用道歉,是我吃得太慢了。"

我把剩下的可丽饼全部塞进嘴里,就着热咖啡咽了下去。

"我们去五代的房间吧。"

一濑的说法让我觉得有点困惑。

"可是——"

"请放心,我去敲开他的门,合尾君只需要藏起来观察。"

"这样啊,我明白了。"

我从椅子上站起来,提出了刚才就想问的问题。

"对了,你说五代由于某些理由只在自己的房间吃饭,是什么理由?"

"见到本人你就知道了。"

这就是所谓见面的喜悦?为什么光见一下就能知道他不和大家一起吃饭的理由?我完全想不明白。

一濑打开餐厅的门,左顾右盼之后向我招手,我来到走廊。

走廊很安静,不知道什么时候会突然走出什么人。我对刚才的事件心有余悸,增强了警戒意识。

悄悄走上二楼,一濑在某一扇门前驻足,小声说道:

"这里就是五代的房间,合尾君躲在哪里好呢……要不要穿上这套盔甲?"

"不行。"

"开玩笑啦,请你躲在那盆观叶植物后面。"

走廊上有一盆高大、茂盛的观叶植物,蹲着的话应该不会被人发现,还能从叶子的间隙进行观察。正好我今天穿着绿色的毛衣,这就是我的保护色。

一濑确认我已经躲好,点头示意后便敲门。

"我来收餐具了。"

原来还要收餐具。

门缓缓地开了。

看到五代的脸,我差一点发出尖叫。

五代戴着一张面具。

是推理小说里常见的那种扁平的白色面具。

而且那只右手……是义肢吗,明显发出不同于肉身的光泽。

五代属于男性里的中等身材(已经得知他是凛花的哥哥,而且从体格来看应该也是男性),虽然并没有什么特殊的特征,但是光有面具和义肢,就已经给人怪异的感觉了。

五代用左手将放着空碗的碟子递了出来,然后用左手敲击右手的小臂,仔细一看,小臂上有一个小型键盘。

"多谢款待。"

义肢发出好似变声器处理过的声音。

听到这句日常问候语,我的紧张感烟消云散。

原来如此,五代只是由于某些特殊原因无法讲话而已,他也会像普通人一样,对给自己做饭的人表达谢意。

"不客气。"

一濑低头致意后朝我藏身的相反方向迈出步子,一定是为了不让五代发现我。

五代关上门之后，一濑立刻掉转方向朝我走来。

"怎么样？"

我犹豫了一下，还是说出了自己最朴质的意见。

"我吓了一跳。"

"是吧！"

"五代为什么戴面具、装义肢？"

"他的脸和右手在一场火灾中烧伤了，右手不得已截肢。由于吸入浓烟，喉咙也发不出声音了。"

"哦，所以他才装了义肢和带发声功能的键盘。"

"据说是最新的科技产品。"

"之所以一个人吃饭，是因为要摘下面具啊。"

"是的，他担心大家看到自己的伤痕会感到不适。"

"原来是这么回事。他不怕麻烦还特地输入'多谢款待'，真懂礼貌啊，是个好人。"

"他每一次都会这么说。一开始，住在这里的亲戚大部分都觉得他很奇怪，不太愿意收留他，但是他人很好，很快就融入了大家。果然还是人品最重要，和钦一一家截然不同。"

"哈哈……"

"好了，这里的住客都让你见过了，接下来你有什么打算？"

"嗯……相以，你怎么想？"

"说实话，数据还是不够，如果能再发生一起命案就好了。"

"等一下，这可不是名侦探该说的话！"

"真的吗？有很多侦探都喜欢这么说哦。"

"不行不行，我可不希望你变成那样的侦……"

砰——

震耳欲聋的一声。

我被震傻了，一时间意识陷入虚无，好不容易才开口说话。

"……这是什么声音？"

"枪声的可能性为百分之七十八。"

"枪声？！"

对于一濑的反问，相以用更严密的方式作答。

"我没有说一定是枪声，而是说百分之七十八的可能性为枪声。"

这时，又出现了一个震耳欲聋的声音。

是女性的尖叫声。

是不是该去看看情况？可是这样做我一定会被人发现。

可是——

"走吧。"

"走吧！"

我和相以异口同声。

侦探果然是追求正义的那一方。

我们向尖叫声传来的西北方跑去，拐过转角，见到银子坐在走廊上，旁边的房门开着，她凝视着房间里面。

"发生什么事了？"

一濑一边跑向她一边问。

银子见到我这个陌生人有点吃惊，但是无法和她刚才目睹的情景相比，她颤抖地指了指房间里面。

那是一间扇形的客房。

弧形的那一边由好多扇落地窗组成，外面是一圈阳台。

一扇落地窗开着，有人仰卧在窗户轨道上，头朝向房间这一面。

从肥胖的体形来看，一定是四元钦一。

我慎重地来回张望，房间里没有其他人。

一踏入房间，就能闻到一股浓烈的火药味。

我往房间里面走去，靠近阳台后，又发现了两个事实。

一是钦一手握猎枪。

二是钦一的额头正在流血。

我咽了一口口水下定决心，戴上了白手套以防沾上指纹，然后摸了摸钦一的手腕，已经没有脉搏了。

"他已经死了。"

"怎么会这样……都怪我期待再发生一起命案……"

相以发出悲痛的呜咽声。

"和你没关系，现在最重要的是解决眼前的案子，对不对？"

"对啊，我居然会为毫无因果关系的事而反省。"相以突然若无其事地说道。

不愧是 AI，态度变得真快。

好了，来捋一捋发生了什么吧。

我还没有完全掌握公馆的内部结构，就一路狂奔来到这里。四元馆里有个中庭，从二楼阳台上能看到。

中庭的西北角和东北角都有一间将圆柱切成四分之一形状的房间，从上空来看的话，宛如一个"四"字。

我现在的所在之处就是东北角二楼的房间。

房间与阳台中间的窗开了一扇，钦一倒在窗户轨道上，上半身在室内，下半身在阳台上。

尸体的额头上流着血。他手握猎枪，后脑勺没有伤，子弹可能是从额头射入并留在了体内。

阳台上掉落着一枚空弹壳，如果不是伪装的话，那么刚刚的一枪就是在这里开的。

"我们刚才听到的枪声是这把猎枪发出的吗?钦一对准自己的额头开枪——不对,这么长的猎枪怎么也对不准自己的额头。据说用猎枪自杀要含着枪口,还得用脚趾扣动扳机,还挺难的。"

"以前的推理小说经常这么写。"

"是的。钦一穿着鞋,所以这不可能是自杀。也就是说凶手杀了钦一之后,让他手握猎枪。"

"这种可能性也很低。"

"为什么?"

"请仔细看,这把猎枪上装有消音器。"

"真的吗?"

我不太懂猎枪,搞不明白是不是真的有消音器,不过枪口确实套着一个筒状物体。

"尽管消音器无法完全消音,可我们刚才听到的声音明显是没有使用消音器的。如果那个声音就是钦一中的这一枪,那么凶手应该还有一把枪。"

"为什么钦一也握着枪呢?"

"还不清楚,硬要说的话,有可能是钦一为了与凶手对战吧。"

想要对战的人,额头被射穿了……从尸体倒地的位置来看,他瞄准的应该是阳台外面。

那么狙击的位置应该就是对面或者中庭——凶手该不会还在原地吧?

我迅速扫视了一圈,现在一个人也没有。

就在这时——

背后传来了地板被踩踏的嘎吱嘎吱的声音。

原来不在外面,而是潜藏在室内啊!

我条件反射般地回头,斜对面的衣柜开了一半,肥胖儿铜太刚刚从柜子里迈出第一步。没想到这个柜子居然是我在餐厅里躲过的同款。

铜太看到我,一下子绷紧了脸。他一定在心里嘀咕,这人是谁啊。

我的惊讶程度并不亚于他,他怎么会躲在这种地方——

不,等一下,还有一个更紧迫的问题。

现在死在我脚边上的这个人不是别人,而是他的父亲,绝对不能让他看见尸体!我必须要做点什么!

——肯定是来不及了,毕竟尸体就在他面前。铜太的视线缓缓落下。

原本就紧绷的脸一下子因惊讶而变形。

"爸爸!为什么死的是爸爸……"

嗯?这个孩子的话是不是有点奇怪?

可是我不得不先把这个疑惑放在一边。

"是你?"

年仅十岁的少年,闪烁的瞳孔里交织着愤怒与惊恐。他死死地盯着我。

"是你杀了我爸爸?!"

"不,不是我——"

该如何辩解才好。对他来说,我就是个突然闯入公馆的嫌疑人。

我欲言又止。

"铜太!"

银子飞奔进来,一濑也跟了进来。刚才一濑一直陪着吓傻了的银子。

有一瞬间银子将视线落在我身上,显得很困惑的样子,可是她什么也没问,只是抱紧儿子。

"你怎么会在这里!"

"啊,我……我……在捉迷藏……"

"我们先离开这里吧。"

银子看也没看我,拉着铜太离开房间。

走廊上又响起了啪嗒啪嗒的脚步声,只见走进来的人分别是:大块头管家二村、疑似萝莉控的三名本,拥有面具和义肢的五代。

跟在二村身后的是抱着丝绒红大象玩偶的炼华。在更远处,四元四呆呆地看着别处。

"小子,你是怎么混进来的!"

二村的咆哮声令我浑身一颤。

与其形成强烈反差的是慢吞吞讲话的三名本。

"是你认识的人?哦,这件衣服,我想起来了,是上午和二村在大门口争论的人吧?我经过门口时看到了哦。"

二村根本不理会三名本,继续向我发难。

"喂,为什么钦一会倒在那里……难道说他已经死了?是你干的?!"

"不,我是在一濑小姐的协助下……"

我向她投去求助的眼神,她躲开了。

"我并不认识这个人。"

"喂,等一下!"

"开玩笑啦。这样一来就必须和盘托出了,合尾君。"

"其实我一开始就和二村先生说清楚了。"

"说清楚?你刚才和劝我入邪教的神经病有什么区别?"

一濑伸出一只手挡在二村面前,打断了他的反驳,面向我说:"请在所有人面前重新解释一次,别无他法,我会协助你的。"

在这种情况下,确实只能容我先解释清楚了。

* * *

深呼吸,理清思绪,我开始说起来到此地的经过。

听完之后,二村瞪着一濑。

"一濑!"

"经判断,此事关乎大小姐安危,所以我才出手相助。"

一濑从容地回答道。

她明明对我说的是为了打发时间……

"无法想象大小姐居然会委托 AI 进行犯罪,而且目的是为手虎报仇?"

"手虎的死……"

四元四突然开了口。

"是天保啊。"

她用爽朗的语调说出这个不知所云的词。

大家瞬间陷入沉默,然而三名本马上就打破了这尴尬的气氛。

"甜心,他刚才说的都是真的吗?"

炼华有些害怕地左右摇头。

"我不知道……什么犯人什么 I……我什么都不知道!"

她紧紧地抱住大象玩偶,从房间里飞奔出去。

"啊……"

二村难以抉择到底应该瞪让小姐生气的三名本，还是我这个问题源头。他犹豫了一下，追着炼华跑了出去。

三名本晃晃悠悠地跟在后面。

我不知道是不是应该跟上去。

"这里就交给二村吧。"

一濑的一句话，让我留在原地。

"刚才你说的都是真的？我老公是被什么犯人AI给杀了吗？"银子抱着铜太从门口哽咽着问。

"还不知道。就算以相是主谋，可她没有肉体，实际下手的还是人类共犯。"

相以用AI的严谨逻辑作答，不过这个解释对银子来说还是太草率了，她的反应居然是——

"人类共犯……是炼华吗？那个孩子杀了我老公？对啊，她很讨厌我们。"

"不能过早下结论，"一濑责备道，"还什么证据都没有。"

我也补充道："是啊，如果炼华真的是委托人，目的是替手虎报仇，莫非钦一和手虎的死有关？"

"钦一和手虎的死有关——怎么可能！"

她拖长了尾音的鹦鹉学舌听起来就像拿我当傻子。她的敌意刺入我的胸口。

"你这小子瞎说什么，怎么可能和我老公有关，手虎是死于意外事故。"

"手虎的死……"

又是四元四。

"是天保啊。"

"天保是什么意思？"

相以发挥与生俱来的特长——不会察言观色,提出了一个谁都不敢问的问题。

四元四瞪大了双眼看向我,其实是看向我的手机。她的眼中散发出未曾见过的光芒。

这一次的沉默持续时间很长。

我准备认真听她的说明,没想到她再次双目失神,然后唱起了跑调的歌。

"天——保——"

我以为是颇具意义的反应,其实只是一时兴起罢了。

我轻声对相以说:"一濑也说了,她有点精神不正常,不可能正常回答你的问题。"

"是吗?那我就问银子吧,这个房间是你们一家人住的吗?"

银子没有看相以,而是瞪着我。

"为什么我必须回答问题!什么侦探AI?真的假的?是不是你把自己的话生成了电子音,就像五代的义肢那样。"

竟然可以毫无顾忌地说出义肢这么敏感的话题,气氛变得有点僵。

见银子毫无回答的意思,一濑代为作答。

"钦一他们的房间在别处,这个房间暂时闲置,没上锁……不知道钦一为什么会进这个房间,银子知道缘由吗?"

"你们为什么一直问我!我说了,我什么也不知道!听到枪声之后我来这里看个究竟,没想到我老公……"

"请等一下。"相以毫不退缩,继续提问,"当时这个房间的门是开着的还是关着的?"

银子似乎疲于拒绝了,她敷衍地答道:"我怎么可能记得是开是关,大概是关着的吧。"

"也就是说,虽然门关着,但你立刻就确定了枪声似的声音是从这扇门后传来的。"

"等一下,当我们听到枪声的时候,并不清楚源头在哪里,而你却一下子就确定了是这个房间发出的……"

虽然不是很致命的矛盾,但确实非常奇怪。

银子有些语无伦次起来。

"什么啊,你们是说我在撒谎吗?我就是开对了房门而已啊,当时我就在这道走廊上——对了,你们在很远的地方听到枪声,而我就在附近,所以我才知道就是这个房间。"

"姑且相信这套说辞吧。"

"哼,这算什么态度——"

"那么接下来是铜太。"

银子正抚摸着铜太的后背。铜太听到相以喊自己的名字,浑身一抖。

"刚才你说自己在玩捉迷藏,这个游戏需要两个以上的人参与,你是在和谁玩呢?"

"你在怀疑铜太?这么小的孩子怎么可能!"

"银子请你住嘴,我在问铜太。"

"我怎么可能住嘴!我可是她的妈妈!"

尽管银子这么说,可铜太还是回答了。

"我、我一个人在玩。虽说是捉迷藏,但我这种玩法是探险式的……我找了个空房间躲在柜子里,突然听到一声巨响。我没有在怕哦,就是想躲在里面听听外面发生了什么,结果就听到你们说什么猎枪,于是打开门走出来,没想到看见爸爸——"

还没说完,银子就一把抱住铜太。

"没事的,别怕,不会有事的。"

"在我们进房间之前,你有没有听到有人离开房间?"

"不清楚……"

"那有没有听到钦一走进房间的声音——"

"别问了。"

一道电子音盖过了相以的声音。

循声望去,只见五代正在用左手敲击义肢小臂上的小型键盘。

"现在应该尽快报警。"

五代通过义肢说出想法后,把脸转向我们。透过扁平的白色面具,我能感觉到他直勾勾的视线。

我太沉迷于破案了,还紧紧逼问被害人家属。

"明白了,相以,我们等一下再查案吧。"

"好的。"

相以也很懂事地做出让步。

"我来报警。"

一濑走了出去,五代往床的方向走了几步,突然转向我,开始向义肢输入文字。

"给尸体盖一张白布,你帮一下手。"

"啊,好的。"

我协助只有单手的五代给尸体盖上了白布。

看到尸体手中的猎枪,我发现了一个根本性的问题,于是向五代提问:

"这把猎枪从何而来?是公馆里原本就有的吗?"

"不知道,至少我没见过。"

虽然很难再开口向银子或铜太提问了,但是我想万一呢,所以问得很大声。门口的那对母子并没有反应,四元四也依旧处于自己的精神世界中。

如果猎枪不是公馆里原有的东西，那就是凶手带进来的，或者是下山的时候特地买的。

我一边想一边蹲在尸体旁边。放低视线之后，我发现了一件事。

阳台外缘装的不是栅栏，而是高一米左右的护墙。尸体正对的护墙内侧，高五十厘米的地方有一些裂缝。

"这是怎么回事，相以怎么看？"

"这是新的裂缝，我推测可能是子弹击中之后留下的痕迹。"

"子弹啊。"

确实有可能留下这样的裂缝。

裂缝很浅，里面应该没有子弹。

"可是好奇怪啊。"

"这种地方为什么会有弹痕？"

"对啊，从尸体倒地的姿势来看，钦一应该是被阳台外面的枪击中，那么护墙内侧怎么会有弹痕呢？就算是钦一回击了一枪，也不会打到这么低的位置。"

"如果钦一是被房间里的枪击中，只要凶手射得不太偏，也不会在这里留下弹痕。"

"将尸体与弹痕连成一条线的话，延伸出去是南侧中央的房间。"

"那是炼华的房间吧，一濑好像说过。"

说曹操曹操就到，一濑飞奔过来。

"不得了！"

尽管一濑依旧面无表情，但她的声音颤抖不已，是不是跑得太快，气息紊乱了。

"怎么了？"

"难道说电话线被割断了？"

相以在这种时候还说什么推理小说的固定套路——

"正是如此。"

"什么？！"

"拿起听筒什么也听不到，我就好奇地看了一眼电话线，没想到电话线在墙壁小孔的地方被割断了。"

"是被人用尖锐的刀具割出了一个光滑的横截面！"

相以又套用了推理小说里的描写。

然而遭到了否定。

"不是，仿佛是被钳子扭断一样。"

"嚯，这还真少见啊。"

现在比起横截面，还有更重要的事！

"固定电话打不通的话还能用卫星电话，或者是智能手机、邮件、社交平台，总之快向外部求助……"

我说道。

"卫星通信设备找不到了，有人拿走还改了密码，现在我们都连不上网络了。"

滴水不漏的凶手。

"等一下！"银子突然喊道，"也就是说没有人会来帮助我们？"

"确实无法报警，但是我或二村会下山……"

银子越发歇斯底里。

"我可等不了！我们都会被杀的！走吧，铜太，我们离开这里！"

"可是妈妈——"

"快点!"

银子一把拽住铜太的手走出房间,在走廊撞上了发呆的四元四也没有道歉。

"请等一下。"

一濑追在后面。

虽然我不知道自己能够做什么,但也追了上去。

下到一楼,走出开着的大门。

"山路上还有积雪,很危险,起码准备一下再——"

"吵死了,滚开!"

铜太无可奈何地看着在蜥蜴铜像旁争执的一濑和银子。

我小心翼翼地靠近,突然发现不对劲。

房子对面,南方的天空中升起了一道黑色的烟。

山里怎么会有烟……

这时,我脑中闪过相似的推理小说套路。

不会吧——

我跑到悬崖边上。

往下一看,公馆和外界唯一的连接通道——吊桥,正遭到四大元素之一,与南方相对应的"火"的攻击。

我过于震惊,不知道该说什么。他们三个人也来到我身边。

"为什么!为什么会这样!"

银子悲痛欲绝的叫声回荡于山中。

有人为了把我们困在公馆之中,故意放火烧了吊桥。

"一濑小姐,有什么灭火的方法吗?用河流的水……不,那样没有意义。"

"不行也要试一试,我去拿水桶!"

一濑飞快地折回公馆。

我不能呆呆地等着她回来,努力思考自己还能做什么。

对了,河流附近有水车,那里或许有水桶或水管,可能没用,但也比呆站着要好。

我朝河流那边跑去。

途中,我发现了另一件奇怪的事。

公馆南面的墙壁边缘仿佛被打扫过似的,有一堆一堆的雪。

刚才经过这里的时候还什么都没有。是不是午饭时分,地震把没有太阳能发电板的屋顶上的雪震下来了。

——这种事情无关紧要吧!

我来到公馆的西面,沿着河流跑了一段,没有发现任何可以使用的工具。

可恶,有什么办法可以把河里的水弄到吊桥那边?

对了,水——

不是还有另一种"水源"吗?

雪。

如果把吊桥这边的雪扔向火焰。

我知道,这比用水桶运水更杯水车薪,可是不试一下感觉会后悔。

我朝东面的U字形急转弯跑下去,一边跑一边又发现了一件怪事。

坡道上只有一组新的脚印,就是今天早上我爬上来的时候留下的,更早的脚印变得稀稀拉拉、隐约可见。

凶手究竟是如何放火烧吊桥的呢?

不可能离得那么远从悬崖上放火。

我来到吊桥旁,顺手捡起雪堆扔过去,火势丝毫没有减弱。

热气令视线模糊。

又来了——

烧死了父亲和母亲的火焰。

我以为自己可以克服。

它又来到了我面前,而且这一次,我依旧束手无策。

"合尾君!"

回头一看,只见一濑双手提着水桶迅速走下坡道。

看上去很沉的样子——是装着水吗?

没错,装着水!

"谢谢!"

我取过一只水桶,奋力把水泼向火焰。

可是没有任何效果。

不仅没效果,反而起到了致命的作用——

砰。

燃烧的吊桥坠落谷底。

IYAMA

七年前——

这是一个奇妙的建筑物,根本不像办公楼。

由单边四米长的方块拼成 3×3×3 的大立方体,每个方块的表面都装有纵向延伸的玻璃,方便上下连接。

这个建筑物坐落于既没有围墙也没有草木的一块正方形空旷土地中央。没有遮挡物是为了让这个建筑物更显眼,在东京郊外悠闲的风景里,它的确大放异彩。

无论是多么会设计奇异建筑物的伊山久郎,也令人怀疑这里到底是不是他的建筑设计事务所。

四元凛花走下出租车后,又回头对着车内问了一句:"真的是这里吗?"

"是的。伊山建筑设计事务所对吧,没错,只要来过就肯定不会认错。"

一点也没错。

可这里连一块招牌都没有。

还是说,伊山久郎有自信,光建一个房子就能证明自己的身份?

他真的是如此厉害的人物吗？

凛花发现自己开始怀疑了，连忙反省了一下。

客观事实证明，伊山毋庸置疑是一名伟大的建筑师。她在意的是别的事——伊山能不能为自己解决即将面临的麻烦。

为了确定这一点，她必须来见他。凛花怀着抓住救命稻草的心态向奇妙的立方体前行。

途中她踉踉跄跄。

最近她经常这样，死神离她越来越近了。

可她还不能死。病魔，再给一点时间吧。在达到目的之前，她绝不能死。

凛花瞪着立方体，一步一步地缓慢行走。

这时，她产生了一种奇怪的既视感。

眼前的立方体仿佛在哪里见过——明明是第一次见这么奇怪的物体，为什么呢……

她无法理解自己内心的这一想法，不一会儿已经走到立方体前面了。

那里竖着一个信箱和一根竿子。杆子上有门铃和扩音器，上面写着"有事请按门铃"。

按响门铃之后——

"你好。"

一名男性应门。

"我是约了三点来的四元。"

"好的，我马上下去。"

几秒钟之后，伴随着嗡嗡的机械声，建筑正面的中央纵列发生了变化。

■下层的方块缩向里面。

■中层的方块移动至下方。

■上层的方块来到中层。

■上层里面的方块向前推移。

这些动作同步进行着。

看着这些方块移动，凛花明白了既视感是怎么回事。

这不就是魔方吗？

这个建筑物就是魔方的形状。

凛花的情绪摇摆于感慨与震惊之间，不知不觉，建筑物停止了运动。

位于正面最底下的那块玻璃打开，从里面走出一位蓄着白胡子的老人。他就是伊山久郎，和网络上的照片一样。

还以为是个怎样的怪人呢，没想到伊山精神矍铄，露出了笑容。

"哇哈哈，你好像吓了一跳，请进吧。"

凛花诚惶诚恐地从玻璃门进入建筑。

室内当然也是立方体，装修得像接待室一样。正面左右的墙壁材质和门口的玻璃一样，能看见左右两个方块内部，原来如此，这些纵向延伸的玻璃既可以是窗又可以是门。

天花板和地板上都装有升降口，如果想要向上或者向下的话，或许升降口中会落下梯子。

"请坐吧。"伊山说道。

凛花坐在玻璃茶几前面的沙发上。伊山并没有坐下。

"我去倒茶。"

他移步来到墙边的长桌子旁。

凛花伸长脖子看，只见伊山用热水壶往茶杯中倒水，他没有委托秘书做这些，而是自己做。不过话说回来，他有秘书吗？

"好烫!"

"你没事吧?"

"啊,没事,老年人感觉变迟钝了,所以不怕。"

"这不是更加危险了吗!搞不好会烫伤吧?"

凛花连忙从沙发上站起来。她看了一眼伊山的手,的确如眼前的这位老人所说,没有烫伤。

"太好了,我来端茶吧。"

"不,我可不能让客人做这种事……"

"没关系的,让我来。"

伊山似乎还想说什么,凛花并不介意这些细枝末节,她迅速地用餐盘将两人的茶端到桌子上。

"谢谢温柔的小姐。"

伊山一边说一边面朝凛花坐下。

他真的是百年难得一遇的天才建筑师吗?怎么看都只是一个寻常的老人(甚至还有点手脚不利索)……

伊山似乎发现了凛花一直在盯着自己看。

"我脸上有什么奇怪的东西吗?"

"不,我只是……伊山老师一直都在设计奇怪的建筑物,我本以为你是一位有些反常的人,没想到居然如此普通,所以很吃惊。"

这话说得有些没礼貌。不"反常",而是"普通",对艺术家说这种话会让人不快吧。

凛花偷偷地窥视对方,没想到伊山完全不介意,还笑了。

"哈哈哈,我确实很喜欢像事务所这样的怪异建筑,可是一切作品都不是因为我而怪异。因为建筑物不是为我而建,是为了住在里面的人而建,也就是说怪异的起源不是我,而是住客。"

确实如此——

在不得不认同他观点的同时,气氛完全变了,凛花感觉自己快要被吞噬。

"好了,你是怎样的怪人?你想要建怎样的建筑物?"

凛花咽了口口水,下定决心,将自己所要面临的情况告诉了伊山。

"其实……"

听完之后,伊山轻声嘀咕。

"可以用睿智构造……"

"嗯,什么?"

"睿智构造……算了,还是给你看影像吧。"

伊山操作着遥控器,打开了墙壁上挂的电视,里面有一个个文件夹。伊山选中一个文件夹,播放了一段视频。

书架,和很多书。

如果只看视频中的物品,并没有任何怪异之处。

可是,这段视频从一开始就不正常。

大部分书籍都没有收纳在书架上,而是悬浮于空中,内文纸就像翅膀似的啪嗒啪嗒飘扬。

"这究竟是……"

"是我设计的建筑。"

伊山露出一个神秘的微笑。

突然,眼前的这位老人仿佛变成了神秘的魔术师。

AI

之后又发生了一些事,最终我和相以被软禁于公馆内的客房中。

"喂,太奇怪了吧!我们为什么要被软禁!是因为你把吊桥弄断了,对吧!"

相以的机械声震动着我的耳膜。

"才不是!即使我不泼水,桥也会断。"

我躺倒在床上。

"虽然枪声响起的时候我们和一濑在一起,但再怎么说我们也算是不法入侵者。"

一濑很想保护我们,可是二村和银子的问责声势太强,战事一触即发。

在目前这种无法与外界取得联络的情况下,还是尽可能避免恐慌为好,于是我提议将自己软禁在空房间里,这一提议得到了认可。

客房的锁是里外都可以上锁的老款,内外连通。二村用钥匙从室外给门上了锁,所以我无法打开房门。

这间客房由于位置原因没有窗户,不过所幸有浴室和厕所。

"侦探被限制行动可是很危险的。凶手为什么要割断电话线，烧掉吊桥，你知道吗？"

"当然知道，我好歹也是个推理小说爱好者。凶手这么做的理由只有一个，为了继续下一宗犯罪，既不让任何人逃跑，也不让警方介入。"

如果问我们这辈子还能不能离开这里，其实是有机会的。

二村和律师约好了，五月四日要谈宣告炼二失踪的手续，他们约在山脚下。如果二村放鸽子，对方也许能察觉到不对劲。

"既然如此——"

"由于钦一死了，现在大家都很警惕，他们应该会听取我们的意见乖乖待在房间里吧。话说回来，侦探不是用脚查案，而是用脑子。软禁状态下也可以查案啊！不过，我一个区区人类跟 AI 说什么'比起用腿，侦探要多用脑'也挺奇怪的。"

"是啊……那么我们来想一下，凶手是如何在没留下脚印的情况下放火烧了吊桥的。凶手可能也使用了这个秘诀——不用腿，多用脑。"

说完，相以露出了一个稳重的微笑。她又恢复了能够开玩笑的状态。

"很好很好，比如说……从悬崖上射出点燃的箭？"

"我不认为一支箭就能把桥烧成那样。"

"提前往吊桥的绳子上淋汽油呢？"

"辅君走过吊桥的时候，闻到汽油味道了吗？"

"并没有……"

"那就不可能办到。如果是在辅君过桥之后才淋上的，那坡道上应该有脚印才对。"

"嗯，好难啊。"

"问题并不仅仅是脚印，行程上也很紧。电话线有可能是早就割断的,可我不认为吊桥在午饭前就已经点燃了。"

"确实,从风车塔走到公馆的时候,我们还没有看见黑烟。"

"是的,而且午饭后不久就响起了枪声似的声音,看来凶手很忙啊。不过也许是用了什么延时装置制造了时间诡计……"

吊桥完全烧断了,所以我们没办法调查凶手是不是用了什么定时喷火装置。

"凶手确实做了很多事。重新研究一下每个人的行程吧,看看有什么破绽。"

"好的,被软禁之前向每个人确认的不在场证明录音了吗?"

"当然录了。"

我对相以播放的每个人的不在场证明录音做了整理。

炼华——午饭后回到自己房间,听到枪声走出房间,在走廊上看到了正在奔跑的二村。追着二村,在发现尸体的房间与大家会合。被问起以相的事后跑出房间,可是马上就被二村追上带了回来。随后与二村、五代、四元四,在房间里待到我们回来。

银子——午饭后,哪里都找不到钦一,所以在馆内到处搜索,突然听到枪声。她随手打开自认为发出枪声的房间门,成为尸体的第一发现人。带着铜太离开房间之后,一出公馆就被一濑喊住,随后呆呆地眺望吊桥起火。

铜太——午饭后,一个人在公馆内探险。他躲进空房间的柜子里,觉得好像有人进入房间(看似回答了相以之前的提问,可是本人说得十分暧昧),他担心贸然走出柜子会被外面的人责骂，所以屏息凝神，突然听到"砰"的一声。过了一会儿，他打开柜子的门，看见了倒在我脚边的尸体，之后的行程与银子相同。

四元四——问她不在场证明也无法好好回答。只是当我吃可丽饼的时候，她进过一次餐厅，以此来看她行动的空白时间段很少。

三名本——午饭后待在自己的房间里。对枪声感到好奇，于是出来寻找声源，最终在空房间与大家会合。后来跟在二村身后去追炼华，可惜跟丢了。随后在大门口晃来晃去，碰到了回到公馆的我们。

五代——在自己房间吃过午饭，将餐盘递给上门回收的一濑。听到枪声大吃一惊，晚了一步打开房门，寻找声源，在空房间与我们会合。我和一濑追着银子和铜太出去后，他一个人看守尸体。他在房间里看到四元四站在走廊上发呆。炼华被二村带回来之后，四个人一起在房间里等待我们。

二村——在厨房收拾午餐用的餐具时听到枪声，一路寻找到空房间，之后的行程与炼华一致。

一濑——基本和我行程一致，报警的时候单独行动，追银子和铜太的时候也是单独行动，不过马上就追上了母子二人。去拿水桶的时候仍是单独行动，可当时吊桥已经烧起来了，所以不纳入考量范围。

"所有人都有单独行动的时间，不过都很短，在这么短的时间内能实施枪杀、割断电话线、放火吗？直到发现尸体为止，一濑一直和我们在一起，可以先把她排除了吧。你怎么看？"

我不希望一直在协助自己的人是凶手——可能这是我的私心。对于我的提议，相以给出了冷静的回答。

"无法排除。那个枪声似的声音可能是制造了时间诡计的延时装置发出的。"

"这么说起来，相以一直说的是'枪声似的声音'，而不是'枪声'啊。你在怀疑其中有假对吗？"

"我只是想表达得更严谨一些，毕竟枪声的可能性为百分之七十八。"

"百分之七十八……是高是低？"

"只要不是零或一百，其他数字都没有意义。"

"这话像是 AI 讲出来的吗……对了，说到 AI，钦一被杀有没有 AI 作案的迹象？有没有可能是以相策划的？"

"怎么说呢……本来我以为自己对以相了如指掌，可自从上次的右龙事件……"

相以干劲十足地来到这座公馆，然而内心依然有些敏感。

"确实，从上一次的事件来看，以相所做的并不仅仅是看得见的罪恶。"

"是的，而且这次以相接到的委托是替手虎报仇，如果是以相杀害了钦一，也就是说以相或者委托人认为，钦一与手虎的死有关。"

"这就是调查现场时我所指出的问题。"

我们的对话开始兜圈子。

正当这时，门口传来开锁的声音，随后是敲门声。

敲门声很重，但并不粗暴，十分郑重。

是谁？一濑？

我觉得只有她会来找我，但还是在开门前问了一句。

"哪位？"

得到了一个意外的回答。

"我是二村。"

和刚才恐吓的语气完全不同，是十分冷静的语调，而且说得彬彬有礼。

"能开一下门吗？我是来道歉的。"

是什么风把他刮来的？

虽然很奇怪，但听他的语气不像是在骗人，于是，我打开了门。

下一秒，他高大的身躯出现在我面前，再下一秒，他深深地弯下了腰。

"请原谅我刚才的不礼貌！非常抱歉！"

我连忙对他喊道："请、请抬起头来，是不是又出什么事了？"

是不是发生了能够证明我清白的事？

该不会又有人遇害了吧！所以一直关禁闭的我被洗清了嫌疑——

我的脑中闪过不太乐观的想法，不过看到二村抬起的脸，似乎并没有发生什么新的紧急事态。

"不是的，说起来很不好意思，只是我改变了自己的想法。说实话，第一次听到合尾大人的说明时，我的心里只有保护大小姐这一个想法，所以无论如何也要把你赶出去。"

"等一下等一下，合尾大人是怎么回事？"

我以为他就是一个专门演门神的家伙，没想到居然还有如此拘谨的"管家"面貌。

"后来一濑给我看了犯罪竞拍的录像，以及全世界都看过的右龙事件的视频。很惭愧，我不太关心新闻，也不知道谁是以相，但是看过录像后我得出了一个结论，以相太危险了，如果以相和大小姐真的有联系，那就必须切断她们的联系才能保护大小姐。"

"啊，你终于改变想法了，如果一开始就理解我们说的，事情会更简单哦。"

"相以，别用这种高高在上的态度！"

我用手假装砍了一刀手机。

"不好意思。"

"不，相以大人说得对，都怪我，大家走了许多弯路。不过你们'想找到真相'的目的和我们'想保护大小姐'的目的是殊途同归的，希望今后大家能以合作的态度一起解决问题。"

"当然可以！"

相以抢先一步说道。

"太好了。"

二村终于放下心来，可怕的神情消失了，少年般的面容一闪而过。

"我有问题想问。"

相以说。

"请随便问。"

"以相没有肉体，如果她需要在这座公馆内活动，必须进入某样电子设备，炼华是有手机的对吧，请调查一下手机里有没有以相。"

"我和一濑调查过了,可是以我们对电子产品的了解程度,无从判断以相在不在。"

"也是……她就像电脑病毒一样,即使我进入那台手机也未必能查出来。对了,卫星通信设备还没找到吗?"

"是的,到处都没有……"

"有没有翻过每个人的行李?"

"我是很想这么做,可是不太方便……不过我和一濑相互检查过彼此的房间了,我们还一起检查了大小姐的房间。"

二村的脸上露出一丝阴郁。

"没有找到卫星通信设备,但是发现了一样奇怪的东西。"

"能够证明炼华是凶手的东西?"

"正相反。大小姐的某一个大象玩偶上扎着针,而且不止一根。每只脚上都有两根,一共八根,针头朝外。"

光想象一下就让人背脊发凉。谁的恶意如此强烈?!

"只要炼华抱玩偶就会被针扎,对吧?"

"可能不仅仅是被针扎。针头上有褐色液体干掉的痕迹,如果是尼古丁之类的毒药的话,那个人是想要大小姐的命。"

"你刚才说某一个大象玩偶?炼华有许多大象玩偶吗?"

相以问道。

"一套四个大象,形状相同,颜色不同。除了最近一直抱着的丝绒红外,还有丝绒绿、丝绒黄、丝绒蓝。扎着针的是丝绒绿。"

"是不是根据当日的心情换着用——或者说换着抱。"

"不是,是根据季节来的。三月到五月是红色,六月到八月是绿色,九月到十一月是黄色,十二月到二月是蓝色。"

"这样啊，现在是春天，所以炼华抱的是红色大象。"

四色大象对应着四季，这一点也很符合四元馆的特点。

"大小姐的喜好很明确，绝不会碰当季以外的颜色。"

"也就是说她最近没有碰过绿色大象。"

"是的，不过昨天大小姐从露天温泉回房间的时候，觉得柜子顶上绿色大象的位置有一些不对，但她觉得可能是错觉，所以并没有去碰。幸好没碰，要是碰到就危险了……"

"其他大象都摆在哪里？"

"红色大象被带去露天温泉，留在更衣室里了。黄色、蓝色和绿色的一起摆在柜子顶上。"

"原来如此。"相以想了一下后说，"炼华确实有生命危险，请千万不要松懈警惕。"

"当然！"

二村很有气势地说道，然而突然就泄了气。

"大小姐果然被盯上了啊……钦一的死一定和大小姐无关，无论 AI 怎么教唆，十岁的少女也不可能去杀身强体壮的男人——对吧？"

他仿佛必须得到我们的认可。

这才是他最想说的话吧，这才是他来访的目的吧。

相以一脸困惑地说出滴水不漏的答案。

"还不确定，以目前的线索还无法判断。"

"是吗……我知道了。"

二村咬紧嘴唇，露出了假笑和不自然的轻快声调。

"太感谢你们的指点了，接下来也请多多协助。"

二村朝手机里的相以深深地低下头，随后面向我。

"合尾大人，虽然我很不想给这扇门上锁，可是银子不愿妥协……"

"啊,没关系的,从外面上锁对我而言反而更放心。"

"给你添麻烦了。晚餐时我或一濑会过来送餐,那我就先告辞了。"

"我很期待晚餐。"

二村再次深鞠一躬。

我关上门,听到门外传来小心翼翼上锁的声音。

我估摸着他应该离开了,才开口说:

"一濑和二村真是性格截然相反啊,一濑面无表情且理性,二村极其忠诚且感性。"

"他们都很想保护炼华,不能再让悲剧发生了。"

"是啊。"

然而大部分推理小说告诉我们,在"暴风雪山庄"模式下,不可能只发生一起命案。

* * *

土黄色的竹篱笆——

作为隔断包裹着露天温泉,让外人无法看到温泉内的样子。

我很想泡一下热腾腾的温泉,以治愈爬山的疲劳,可现在哪有这份闲心,而且在我面前的只不过是张照片罢了。

"你从刚才就一直在看竹篱笆,怎么了?"

为了重新审视案件,我们正在回顾用手机拍下的公馆照片。可是从刚才开始,手机就一直停在这张竹篱笆的照片上。

"总觉得这个竹篱笆很奇怪……"

相以这么一说,我也仔细观察起来。

这是和一濑走在公馆北面的时候从外侧拍的照片,并没有拍到露天温泉。

看起来竹篱笆没有任何怪异之处……

不过善于分析图片的 AI 能够敏锐地察觉到异常状况。

"你看!拐角处的竹子颜色不同!"

"颜色?真的吗……"

"当然是真的!其他竹子的颜色在 R184、G136、B59 附近,只有这根竹子是 R209、G152、B38。"

"你跟我说三原色的 RGB 数值我也搞不清……是不是自然形成的竹子本身颜色就有差异?"

"不仅如此,只有这根竹子既不在东西向的篱笆轨道上,也不在南北向的篱笆轨道上,位置稍微偏了一点。"

"让我看看……啊,是真的。"

我仔细看了看,也发现了不同。

"是不是只是单纯没有对准位置啊?"

"不,我的看法是,原本东西向和南北向的竹篱笆是完美连接在一起呈直角的,外侧本来没有东西,但是有人加了这根竹子。"

"是谁……为什么要加一根竹子?和案件有什么关系?"

"还不清楚。为了明确这一点,我们必须重新调查一下竹篱笆。"

"现在情况比较混乱,不太合适出去勘察,等大家冷静一些我再去商量吧。"

这时,再次响起开锁的声音,随后是敲门声。

比刚才的敲门声轻多了。

我来到门口问来者何人。

"我是一濑，我送晚餐过来了。"

打开门，一濑穿着女仆装端着餐盘站在门口。餐盘上放着炖牛肉，还有几道小菜。

"天气很冷，我做了暖和的炖牛肉。"

"哇，看上去真好吃！"

我刚想接过餐盘。

走廊隔壁的房门打开了，铜太飞奔出去，银子紧随其后。

"你等一等！"

银子抓住铜太的手腕，被铜太甩开了。

"放手！我要一个人睡！"

"这种时候怎么可以！一个人太危险了！"

铜太突然停下了动作。

受其影响，银子也停下了动作。

沉默了几秒后。

铜太缓缓转过身来。

他露出了一个傻傻的笑容，用沙哑的声音说。

"一个人危险？和妈妈在一起不是也一样危险？"

我看着银子的脸。

她的表情僵住了，连话都没有回。

然后，铜太消失在拐角处。

接着是一声狠狠的关门声。

安静的走廊上只剩下银子。

我们远远地看着这一幕，不过银子发现了我们。

会不会被说什么？我在内心准备了一下，没想到银子只是移开了视线，回到自己的房间。

门关上之后，我悄声问一濑："铜太说要一个人睡，他也有自己的房间？"

"是的，钦一夫妇嘱托我'他想有自己的房间所以请给他准备一间'。他的房间就在走廊拐角处，不过这是最近才发生的事。"

"毕竟孩子已经到这个年龄了。可是他刚刚说'和妈妈在一起不是也一样危险'……"

"的确有这层意思……杀死父亲的人也有可能是母亲……"

"一濑小姐怎么看？他们夫妻关系很差吗？"

"从我个人角度来看，他们十分团结——为了夺取财产。至于内心深处是怎么想的，我可看不透。"

我们站在门口聊着，相以似乎听到了，她从房间里插嘴说：

"'我不要和杀人犯待在一起！我要回自己房间！'应该也是推理小说的套路吧？"

"你又提推理小说了！铜太不是戒备某一群人，而是针对某个特定的人，不是一回事吧？"

"和《神秘的奎因先生》《麦卡托事件》挺像的。"

"完全不像！对了，一濑小姐，谢谢送餐。"

"过一会儿我再来收餐盘。"

我听相以谈论着两名侦探相似的地方，默默地吃晚饭。

炖牛肉很好吃，相以的理论很费解。

吃完晚饭，我立刻就困了。

登山的疲劳感一下子向我涌来。

我将餐盘还给上来回收的一濑后立刻洗澡睡觉了。

* * *

我做了一个梦。

我在森林之中。

某处传来讲话的声音。

我循着人声来回寻找。

声音好像是从树林深处传来的。

我侧耳倾听。

"我看见了,是真的,是——开的枪。"

少年激烈地说道。

"可为什么我会被……"

少女回答道。

"我不知道,不知道……却忍不住……"

"嗯?什么?"

"没什么,总之要小心,你根本不知道大家都在想什么。"

"谢谢。"

"突然道什么谢……"

"……君真善良,明明自己也很危险,却挂念着我。"

"笨蛋,别说傻话了,早点睡觉!"

"呵呵,晚安!"

听起来好像铜太和炼华的声音。

真是不可思议。

他们看起来关系并不好。

不,实际关系好不好没有人知道。

"看起来并不好"才是最重要的。

明明"看起来并不好",为什么我会做二人亲密无间的梦呢?

梦境是自己意识的投影。

这难道不是梦?

不,这一定是梦,人类是知道这个时刻的。

在将要醒来的那一刻——

即将回归现实的那一刻——

树林渐渐后退的那一刻——

* * *

有人在敲门。

我稍稍睁开眼。

看到了一张没见过的天花板。

这里是……

对了,是四元馆。

我到底睡了多久?

我看了一眼手机,现在是五月三日上午八点。

没想到在如此紧迫的情况下我也能睡这么久,看来是真的累了。

这时,敲门声再次响起。

这个敲门声我有印象。

非常大力地敲了一次又一次——莫非是发生什么事了?

我从床上跳起来。

枕头旁的相以对我说:"辅君,可能有大事发生。"

"我知道。"

我拿起手机走到门口,还没等我伸手,门就已经打开了。

一濑站在门口,一看见我就说:"太好了,合尾君没事。"

"发生什么事了?"

"四元四死在了自己房间里。"

"什么，四元四——"

她的脸庞出现在我的脑海中。

尽管她行为诡异，无法交流，可毕竟是自己认识的人，她的死讯令我颇受打击。

也可能是刚起床的缘故，我有点晕眩。

"合尾君你还好吗？"

"嗯，死因是？"

"还不确定。尸体没有明显的外伤，从现场情况来看，说不定是毒杀。我一个外行也无法判断什么。"

不如让我们调查一下——虽然我很想这么提议，可是现在我们的立场有点尴尬。

没想到相以替我说了出来。

"请带我们去现场看一下！"

我以为一濑会犹豫，没想到她立刻就同意了。

"好的。你们熟悉调查取证，说不定能判断死因。另外，现场还有一些诡异的地方，希望能够借助二位专家的智慧来解决。"

"诡异的地方？"

相以立刻反问道。

要是以前的相以，在这句话后面还会加上一两句轻浮的话，如"越来越有意思了呢"之类的。最近，她似乎开始懂得分寸了。

我换完衣服，就随一濑来到四元四的房间。

为了防止风车和水车的噪声，卧室集中在中庭这一圈，避免外围朝向。不过也有炼华这样的人，特别喜欢风车的声音，所以特地住在风车对面的房间。

打开二楼西南侧四元四的房间门，二村站在里面。

二村看见我，惊讶地抬了抬眉毛，不过听一濑说明情况后马上就理解了。

这个房间的主人在——

四元四正横躺在房间中央。

她的面部仿佛被苦闷的超能力者用手捏过，表情十分扭曲。

为了不沾上指纹，我戴上手套，搭了一下死者的脉搏。正如一濑所说，她已经死了。

尸体旁掉落一只玻璃杯，虽然已经干了，但可以看出地板上有水迹。

仿佛她正在喝水，突然痛苦万分倒地身亡。

难怪一濑怀疑是毒杀。

"第一发现人是谁？"

"是我。她一直不下来吃早饭，我便来敲门。敲了好几次都没有人开门，我很担心，就用备用钥匙打开门，看到的就是这个情景。当时我也搭了脉，发现她已经死了。"一濑回答相以的提问。

"她只是没有应门，你就用备用钥匙进来了？说不定她只是在睡觉呢？"

"我敲了挺长时间，再加上四元四一直起得很早，所以我有一种不祥的预感。"

"原来如此。之后一濑小姐做了些什么？"

"经历过钦一的案子之后有了经验，所以我冷静下来，为了对今后的调查有所帮助，我查看了房间内部。房间里没有其他人，房门钥匙在桌上，窗户都从里面上着锁，也就是说这个房间是密室。"

"如果忽略你所持有的备用钥匙——对吧。"

"没错,但我不是凶手。昨晚我在二楼走廊的西南角,二村在东南角,彻夜守护着大家。二楼的所有房间都在我们的视线范围之内。"

"啊,那你身体吃得消吗?"

我吃了一惊。

"我们的职责就是保护大小姐和所有住客。"二村答道。

尽管彻夜未眠,二村依旧容光焕发,一濑依旧面无表情。看来不显露疲劳也是他们的职业操守。

相以继续提问:"也就是说,你们可以为对方做证?"

"是的。"

"晚上有人出入房间吗?"

"没有,这个房间也没有开过门。"

"也就是说,这个房间是双重密室啊——要是死者自杀、意外事故、因病去世倒还好办,要是他杀就麻烦了。对了,调查完房间内部之后呢?"

"我先去餐厅把情况告诉大家,然后就来敲合尾君的房门了。你一直不开门我也很担心。"

我不好意思地笑了笑。

"昨天登山太累了……其他人现在都在哪里呢?"

"大家都待在各自的房间里。"

"至今为止的情况我都了解了,那么辅君,请你开始调查尸体。"

"明白了。"

我咽了一口口水,靠近四元四的尸体。

从胸口往下看,尸体下部已经有红色尸斑了。

我把鼻子靠近尸体张开的嘴巴,用手扇了扇。

"红色的尸斑,苦杏仁味……很可能是氰化物中毒,但无法百分之百确定。"

"你居然懂这些?"

二村瞪大了眼睛。

"嗯,懂一点……因为相以没有嗅觉,我想自己能弥补的话就尽量弥补,所以学习了一点。"

"真是一位优秀的助手。"

相以骄傲地称赞道。

氰化钾与胃酸发生反应就会产生苦杏仁味,很多人都知道。不过并不是大家想象中的坚果味,而是成熟前的杏仁味。这个冷知识就没有多少人知道了。

我特地前往杏仁农庄,记住了这个味道。

除了想协助相以,我还有一个小小的私心,就是作为推理迷,好好去体验一把"苦杏仁味"。

好了,言归正传。

玻璃杯里的水是什么水?

小桌子上摆着一个玻璃水壶,没有盖盖子,水壶底部的玻璃是深蓝色的。

物品摆放的位置与我房间一样。每个房间应该都有这些东西吧。

一濑似乎察觉到我的视线了。

"你能看一下这个水壶吗?里面有很奇怪的东西。"

"很奇怪的东西?"

"是的,无法用语言说明……你最好直接看。"

这么一说我就来劲了,到底是什么东西?

我小心翼翼地靠近水壶，往里面看去。

"哇——"

水壶是满的，底部有一些黄色物体。

一开始我以为是毛毛虫之类的，吓了一跳，仔细一看并不是。

黄色的果冻？半透明的立方体？有一个、两个、三个、四个、五个……六个。六个都连在一起，不，只有一条边是连着的，其他几边像蛇纹管似的。

这是什么东西？

用半透明黄色立方体做的毛毛虫？不知道该如何形容。

在日常生活中，应该没有机会见到这种物体。

可奇怪的是，我总觉得自己好像见过。

不对，不可能，这种东西要去哪里才能见到？

等等，但我好像真的见过……

而且就是最近。在哪里见过，快让我想起来……

对了，得让相以也看一看，不然她又要说我了。

我把手机镜头对准水面。

没想到相以立刻就回答了我的疑惑。

"咦，这不就是可食用机器人吗，上一届世界机器人博览会获胜的那个？"

"世界机器人博览会？就是前天的？"

"是的，上一届获胜者就是这个可食用机器人，我在某台电脑上看过它的视频。看，就是这段视频。"

相以从存储卡中调取视频。

视频中的物体确实与水壶底部的一致。

视频显示，可食用机器人是用果冻做的往复气缸。

虽然不知道什么是往复气缸,不过从视频内容简单概括来说,是一种将注入的能量转化为动力的机器。

这一次注入的能量是压缩空气。

往六个果冻做成的方块中任意几个注入压缩空气,使之膨胀,就可以形成几种类型的运动模式。

这个发明的关键点是,机器人的所有可动部分均可"食用"。

比如说,救助被困在瓦砾底下的人。

将果冻做成尺蠖一样的东西,灾难发生时可以从瓦砾的间隙穿过,自行进入咀嚼困难的被困者胃部。

目前,这个设计正在朝实际应用方向发展。

——这些就是视频内容。

"对了,柿久教授好像说过,自己的 AI 展品秘书——景子输给了可食用机器人。"

"景子是一位很优秀的 AI。"

相以对景子的评价一直很高。

我一定也看见了会场中播放的可食用机器人的宣传片,才会觉得它似曾相识。

"哦,这个黄色的东西原来是果冻啊。"

"说起来果冻确实是这个颜色。"

二村和一濑对此表示理解。

可是也有理解不了的事。

"为什么在这个水壶里有可食用机器人?"

在深山老林的公馆中突然出现了新科技机器人,让人有一种发现了外星生物的感觉。这是不是说明,同为最新科技产品的以相确实参与其中?

"这是上一届世界机器人博览会获胜的机器人,出现在市面上也并不奇怪……"

相以思考着。这时一濑突然想起了什么。

"对了,我依稀记得,四元四的前夫就职于机器人工程相关的风投企业,说不定她是从那里入手了可食用机器人?"

"也就是说,是四元四将机器人带进公馆的?"

"这只是我的推测。"

尽管我知道她有女儿,这是理所当然的,不过我还是吃了一惊,这样的人居然也有前夫啊——

四元四一直着迷于神秘事件,没想到前夫居然是纯粹的科学信徒,他们一定性格不合。

可他们毕竟结过婚,还有个女儿。如果离婚后也保持着一定联系的话,可食用机器人很可能就是前夫偷偷从公司拿出来的。

"我可以看一下四元四的行李吗?说不定有线索。"

"请随意。"

我和突然来劲的一濑翻起了行李。

真的有!

一个可能是用来装机器人的塑料盒。

往果冻内部注入压缩空气的喷雾罐和管子。

装在褐色瓶子里的,好似氰化钾的白色粉末。

残留着什么液体的注射器。

"这也太多了吧!"

"这样就可以确定了吧,是四元四将可食用机器人拿来的。"

一濑得出了一个很正确的答案,相以却谨慎起来。

"竟然找到这么多东西,仿佛有人在刻意引导。"

"同样作为推理迷,我很理解你的心情,不过你所说的刻意引导,是往哪个方向呢?四元四死于氰化物中毒,在她的包里发现了白色粉末。也就是说她是自杀?可是现场也太丁零当啷了。"

"丁零当啷?是什么意思?"

"抱歉,是太马虎的意思。现场要素过多了,比如说沉在水壶底部的可食用机器人,残留着液体的注射器,如果真的是自杀,这些东西该如何排列组合?"

"把氰化钾溶在水里,注射进果冻,再把果冻扔进水壶。氰化钾从注射孔流入水中,于是喝了水的四元四死了。"

相以认真地回答着我的问题,她该不会是真的在认真思考吧?

"有人会选择这么复杂的方式自杀吗?明明只要把氰化钾溶在水杯里直接喝就行了。这个案发现场该怎么说呢?嗯——十分蹊跷。不知道是他杀、自杀还是意外事故,毫无刻意引导的痕迹,所以我认为留在现场的物证都是真的。"

"我明白辅君的意思了,有没有引导暂且搁在一边,我之所以这么说,是因为倒推过来想了一下。"

"倒推……是什么意思?"

"'能够自主运动的可食用机器人',直观分析这一点,得出的结论必然是他杀吧。"

"何出此言?"

逻辑开始飞跃,我有点跟不上了。

"'能够自主运动的可食用机器人'这个进错片场的元素一定有其出现的必要性。必要性——也就是为了远距离杀人而服务,所以它才会出现在这里。"

"远距离杀人?!"

"直观来看，我一开始就觉得这是一起杀人案，所以认为包中的物品是用来误导调查者得出'自杀'结论的。"

"至于方法……这就不需要你解释了，凶手应该是把氰化钾注射入果冻内，让它从某处出发，自行进入水壶之中。"

"完全正确，辅君也是这么认为的啊。"

相以十分高兴地说道。

"其实立刻就能想到，但仍然觉得很荒唐。真的有必要这样做吗？"

"当然有必要。而且对我们而言，只要知道机器人的出发地点，就能明白其缘由。"

"你已经知道出发地点了？"

"呵呵，你仔细看水壶的里的水，看出什么了吗？"

我瞪大了双眼。

似乎有什么软软的东西漂浮在水面上。

"这是——灰尘？"

"没错，灰一般是从哪里落下的？"

"天花板？"

我抬起头，只见水壶正上方正好是换气扇。

"机器人该不会是从换气扇的叶片间隙落入水壶中的吧？"

"我正是这么想的。一濑小姐，换气扇的管道是互通的吗？"

"没错。"

"凶手拆除自己房间的换气扇，将注射了氰化钾的机器人平放在管道中。以压缩空气为动力，机器人像尺蠖似的在管道中移动，通过这个换气扇掉落水壶中。每个房间用来放水壶的都是这种小桌子，位置也都一样，这对凶手来说十分有利。氰化钾渐渐地从注射孔流入水中，由于水壶底部的玻璃是深蓝色的，四元四没有发现机器人,直接喝下从水壶中倒出来的水后中毒身亡——全过程应该就是这样的。"

"原来如此。大家都十分警惕,把自己关在房间里不出来,走廊上又有一濑和二村守着。在这种情况下,凶手只能使用道具远程作案了。"

"是的,既然如此,让我们拆下换气扇来确认一下吧。"

"我来吧。"

二村拿来工具,站在椅子上熟练地拆下换气扇。

二村下来之后换我站上椅子,我打开手机电筒照亮管道。

这个换气扇排风的纵向管道紧连着横向管道。

"辅君,能够到横向管道吗?"

"努力一下……应该可以。"

我在椅子上踮起脚,将手指搭在横向管道上——都是灰尘。

"把电筒的光打在管道上,拍一下里面的样子给我看。"

我拿着手机伸长手臂,照相似的吩咐做。

从椅子上下来之后,我看了一下照片。

横向管道只朝北面延伸了几米,然后分成两路,呈T字形。管道底部有一段灰尘被擦掉的痕迹,就是我刚刚伸手摸的那一下。T字形的路往左拐之后就看不见了。

"左拐之后的管道通往哪里?"

"从位置上来想的话,应该是这个房间的浴室。"

"辅君,快去浴室!"

我们打开浴室的门。

天花板上有一台换气扇。我从房间拿了一把椅子来,拍摄了这根纵向管道连着的横向管道的内部照片。

这里的横向管道是东西走向,连接面向中庭的所有客房的浴室。

朝西的管道到了尽头右拐，朝东的管道看不到尽头，不过底部有灰尘被擦过的痕迹，再往前走一段也向右拐了。

"灰尘被擦过的痕迹证明这里和房间的换气扇是相通的吧，其他地方的管道都没有类似痕迹。"

"这表明凶手好像就是从浴室放入有毒机器人的。"

"这样不是很奇怪吗？这里可是双重密室，只有四元四可以进入浴室，她有必要让机器人从浴室出发去房间吗？"

"的确没有，如果真是这样那就还是自杀，没必要绕一大圈，直接喝氰化钾就行。"

"是吧！那这里的灰尘到底是什么东西擦掉的？"

"不知道，我们先不考虑灰尘。最有可能行凶的便是相邻房间的住客，毕竟机器人无法走太复杂的路线，不太可能进行长距离移动。相邻房间住的都是谁？"

二村和一濑互相看了一眼对方后回答。

"北面是三名本，东面是……大小姐。"

"原来是以相的客户炼华大小姐。"

"不是的！大小姐不可能做这种事！三名本才可疑呢！"

二村咆哮完马上冷静下来，小声对我们说："抱歉。"

我有点想替二村说话，于是指出了相以推理的漏洞。

"如果他们之中有人将机器人送来此处，那么灰尘被擦掉的痕迹应该一直延伸到他们房间吧？此外，凶手到底是如何把压缩空气喷雾罐和氰化钾粉末放到四元四房间里的？钦一去世之前的确大家都有机会，可以提前把这些东西拿过来，但也很有可能被她发现吧？"

"你说得对。"

相以十分爽快地承认了。

"还是有许多不明确的事。如果可以做到不留下任何痕迹就让机器人长距离移动到这里，那么离得更远的住客也有机会作案。还需要掌握更多线索才行，我可以向住客问话吗？"

"可以的。在你们被软禁的情况下出现了新的死者，他们不会再抱怨什么了。而且，让你们进行自由搜查有利于解决案件。拜托了，请尽快查出真相。"

说完后，一濑深深地鞠躬。

"我可以提个要求吗？"

二村举起了手。

"毕竟发生了毒针事件，我想陪在大小姐身边。"

"那么先把这个房间锁上吧。"

一濑用备用钥匙上了锁。

二村朝炼华的房间走去，我和一濑去各位住客的房间调查问话。

可惜所有人都说"一直在睡觉"或是"什么声音也没听到"，没有任何有用的信息。

在单调的问话过程中，只有一件事让人印象深刻。

结束了与三名本的谈话，打算离开他房间的时候，相以突然说道："手机充满电了哦。"

"啊，真的，谢啦！"

三名本拔掉了插在手机上的充电线。

是我的错觉吗？我看到充电器还闪着红灯……一般来说，红灯不会意味着充满电吧？

不过相以作为 AI 不会看走眼，一定是我看错了。

我一边劝说自己，一边走出房间。

＊　＊　＊

　　问话结束之后，我们去调查了相以早就觉得奇怪的竹篱笆。

　　我与一濑道别，一个人走出大门，沿着公馆的西侧往北走，来到遮挡露天温泉的竹篱笆附近。

　　相以觉得不对劲的那根竹子，在竹篱笆的东北角上。

　　"这根竹子怎么看都是后来才加上的！"

　　"竹子到底是怎么运到这种深山老林里来的……"

　　"半山腰上不是有竹林吗？"

　　"我想起来了，我差点摔倒的时候抓的就是竹子。"

　　竹子不可能只长了孤零零一根，往里走应该就是竹林。

　　"辅君，你能不能拔拔看这根竹子？"

　　"可以这么做吗？"

　　"可以的。"

　　"我不是说要征得你的许可！"

　　"好啦，快一点，这么做是为了尽快解决案子！"

　　"这么说的话就只能干了。"

　　我蹲下来握住竹茎，用力一拔。

　　竹子一动不动。

　　"拔不动，看来根扎得很深。"

　　"这样啊，那你向上爬爬看？"

　　"你怎么净出难题！"

　　"你看一下竹子的横截面，从高处比对一下这根和其他的有没有区别。"

　　"好啦，我知道了。"

我以竹节为下脚点，驱使着缺少运动的身体向上爬。

别的竹子也埋得很深，没有倒下的风险。

就像是我想要偷窥一般。

爬上竹篱笆，我来到侧面检查有问题的这根竹子。

尽管相以让我对比横截面，但肯定是一模一样的——才怪！

明显不一样。

别的竹子横截面都进行了加工处理，被封住了，只有这根竹子中间是空的。

我把手机电筒对准竹茎，空空的茎干看不到尽头。

"这根竹子茎内是空心的，只有这点不同，但怎么看这都是一根普通的竹子。"

"你闻一闻味道。"

"什么？闻味道……好吧。"

我靠近竹子闻了一下。

随着上升的地热，我闻到一丝刺鼻的味道。

这是……

"有火药的味道。"

"果然！和我想的一样。"

"怎么回事？"

"等掌握全部线索后我再解释，你先下去吧。"

"哇，不愧是名侦探！每次都不和助手共享信息！"

"黑斯廷斯，谁让你什么事都挂在脸上。"

我爬下竹篱笆。

"接下来你打算让我做什么运动？"

"爬风车塔吧。"

"还好，难度不大。"

转过公馆的东北角，我走向风车塔。

"还是应该从最初的手虎死亡案开始调查啊……"

"是的，其实我还有一个疑虑。"

"疑虑？"

相以没有回答，她的态度有一些犹豫。

我来到风很大的东面悬崖，步入风车塔，登上螺旋楼梯，来到管理人房间。

摆着画布和笔的画架，看上去硬邦邦的床，廉价的桌子，空空如也的置物架。

房间的陈设和昨天来访时毫无二致。

尽管如此——

相以的反应很奇怪。

"果然！没想到居然是这么回事！"

"到底怎么了，这里和昨天没有任何区别啊！"

"不是的，看来辅君还没明白，正是因为没有任何区别才有问题。"

什么意思？

我还没问出口，相以就说出了令我震惊的话。

"我知道凶手是谁了。"

"你说什么？！"

"杀害了手虎、钦一、四元四，割断电话线、烧掉吊桥的凶手，我知道是谁了。"

AIA

"为什么突然要我们聚在一起！"

银子歇斯底里地问道。

我拜托一濑和二村，让所有人来到一楼西面的接待室中。

相以答道："我知道凶手是谁了。"

"凶手——这个机器人在说什么蠢话！"

"不如先听听看吧，听完再决定相不相信。"

没想到三名本替我说了情。虽然他轻浮的语气惹人厌，但这次还是得感谢他。

银子似乎还想说什么，但碍于现场氛围，她闭上了嘴。

"那就开始吧——"

相以说出名侦探般的开场白。

"四元馆里不断发生离奇的案件。去年手虎遇害，昨天钦一遭到枪击死亡，电话线被割断，吊桥被烧，炼华的玩偶上被扎毒针，四元四中毒身亡。这些案件乍看起来似乎没什么关联，其实它们有一个'共同点'，只要发现这个'共同点'，就能看清案件的脉络。"

"共同点？"

"手虎暂住的风车塔对面是原本炼华的房间。连接钦一的尸体与弹痕的直线延伸出去是现在炼华的房间。四元四房间的换气扇管道与隔壁炼华房间的换气扇管道相连。也就是说，所有的案发场所都在炼华附近。"

说得好像炼华就是凶手一样……

果然，银子立刻上钩。

"果然是这个孩子……炼华杀了我丈夫。"

"不是的，不是我。"

"如果炼华是凶手的话，就无法解释每一起案件的疑点了。比如说我们发现钦一的尸体后，铜太从柜子里走出来时，为什么只发出了地板被踩踏的嘎吱嘎吱的声音？"

"嗯？我怎么了？"

突然被点名的铜太困惑地皱起眉头——不，不仅仅是困惑，怎么说呢，是警惕？

"地板的嘎吱嘎吱声有什么问题？"

"我们打开餐厅壁柜门的时候，发出了一个咔嚓声。可是当铜太走出相同的柜子时却没有任何声音——这是为什么？"

原来壁柜有声音啊，我完全没有注意到。

"那是因为铜太太胖了，柜门没有完全关上。"

壁柜很浅，就连我这个体格也只是刚好进入，铜太躲在里面的话，关不上门是正常的。

"如果柜门没有完全关上，铜太应该看得见阳台上的钦一。再加上'为什么死的是爸爸'这句奇怪的发言——说明铜太的确看见了什么。但他隐瞒了某些事，假装从柜子里走出来才发现紧急情况。这是为什么呢？"

铜太似乎想说些什么，不过相以没有给他开口的机会。

"原因很简单。从现场状况来看，钦一用猎枪瞄准阳台外侧时遭到枪击，他对准的是炼华房间的窗户。也就是说，钦一想射杀炼华。铜太看见了这一切，为了包庇自己的父亲所以撒了谎。"

"别牵连我家孩子！铜太才没有看见呢，对吧……"

言辞激烈的银子一下子变得细声细语。

铜太长时间低头沉默——突然他开了口。

"我看见了。爸爸用步枪向炼华的房间射击。"

"你在瞎说什么！对不起啊各位，这个孩子的脑子不太正常了……"

银子向众人投以僵硬的笑容。

"然后发生了什么？"相以无视银子，追问铜太。

"不知道……说实话我听到枪声很害怕，昏过去了一小会儿。但是在昏过去之前，好像看见爸爸向后倒下，我还以为是射击造成的反作用力。他当时是不是已经中枪了？"

"当时整个阳台都在你的视线范围内吗？"

"不，柜子的位置有一点偏，而且柜门的缝隙也很细。我只能看见爸爸，其他的看不见，所以不知道是不是还有别人……可恶，要是我没昏过去就能看见凶手了。"

铜太低声说道。

十岁的孩子看见父亲干这种事，不昏迷才奇怪吧。

"别再套他的话了！"

银子仍旧在极力抗争。

"套话？这可是用词不当。"

"闭嘴吧！垃圾机器人！再说了，我丈夫为什么要射杀炼华？"

"推理小说中最常见的一种动机——为了钱。炼二就快失踪满七年了,即将'宣告失踪'。到了五月四日,第一顺位继承人炼华将继承所有财产。如果炼华死了呢?拥有继承权的是炼二的兄弟姐妹,即钦一、四元四、三名本的母亲这三个人。钦一在经济方面十分拮据,所以才计划杀害理应继承财产的炼华。"

"在经济方面十分拮据?失礼!无礼!没礼貌!你偷看我家存折了?没看是吧?怎么能光靠臆测瞎说!而且谁会在房间里摆猎枪,这不是此地无银三百两吗?"

"是的,一旦为继承遗产而犯罪的事败露,就会失去继承资格,于是钦一设计了一个诡计。露天温泉外不是围了一圈竹篱笆吗?其中一根竹子是后来插的空心竹,是钦一从水平山找来加工的吧?"

"我丈夫为什么要弄竹子……"

"钦一在竹子顶部放置了一块雪块,雪块上放了一个摔炮。为了不让摔炮受潮可能还垫了一些东西。"

摔炮——看上去很小,一经碰撞就会发出巨响的火药。我没有玩过,不过小学时候调皮的同学曾互相扔着玩。现在的小孩子还会玩摔炮吗——

"这一带有温泉,还装着可以用来发电的地热装置。随着热气上升,竹子顶部的雪块渐渐融化,摔炮自然而然就落到了竹筒底部。摔炮本来就常被用来模拟电影或电视剧中的枪声,而且这次爆炸是经又细又长的竹筒传向天空的,所以听起来十分接近枪声。不过也只呈现了枪声的百分之七十八,所以我一直称其为'枪声似的声音'。"

相以说得十分得意。

"这样毕竟比录音要来得真实,而且也不需要弄一个巨型喇叭。钦一事先用没有摔炮的雪块做了好几次实验,测试融化所需的时间。他打算用猎枪射杀炼华之后与大家待在一起,这时听到假枪声的话,他的不在场证明就成立了。立刻找到案发现场的银子应该也是帮凶吧,她必须在走廊上监视有没有人经过,然而他们却没发现躲进壁柜里的铜太。"

铜太通过观察现场状况应该也发现了银子是帮凶。

所以昨天才发生了那场争执。

"一个人危险?和妈妈在一起不是也一样危险?"

原来是这个意思。

"从刚才开始就在说一些不明不白的话……你是不是搞错了?"

银子突然指着炼华。炼华浑身一抖,抱紧大象玩偶。

"死的可不是这个小丫头,而是我的丈夫!如果我的丈夫是凶手,他怎么会死了呢!"

"后面我再一起说明。所有案件都是遵循同一规律发生的。"

"后面再说明?!"

相以无视想要死缠烂打的银子,继续说道。

"好了,下面我来说一下四元四的案子。她在密室状态下被'可食用机器人'毒杀了,乍看之下是一起不可思议的案件,不过线索就在天花板上。浴室的换气扇和水壶上方的换气扇管道中留有机器人行进的痕迹,而且检查她的行李之后可知,机器人和氰化钾都是她带入馆中的……简单一点来思考的话,室内只有四元四一个人,所以正是她本人从浴室放出携带毒药的机器人的。"

"她为什么要这么做?"

三名本带着嘲讽的语气问道。

"难道是为了让机器人啪地掉入自己的水壶里然后自杀?谁

会选这么复杂的方式自杀？"

"是的，没人会这么做。四元四当然不是为了自杀，而是为了杀人才放出机器人的。只要在五月四日之前让炼华身亡，四元四也可以继承遗产。没错，她也是为了遗产想要毒害住在隔壁的炼华。"

"那个疯婆子也想袭击我的甜心？太可恶了！毒机器人的目的地是甜心房间的水壶吗？"

"不，四元四的浴室和炼华的浴室换气扇管道在一条直线上，然而前往炼华房间的换气扇管道有分支，机器人应该很难过去。"

"那就是不可能嘛，机器人刚好掉进甜心嘴里的概率接近于零。"

"没有那么低哦，因为炼华正站在浴室的换气扇下面张嘴等着。"

"为什么？难道是和她说好会给她送一个好吃的机器人过去？"

"要是这么说的话，炼华会发现有诈吧。"

"就是啊。"

"炼华是为了其他事情等在那里的，是不是，铜太？"

相以说出了一个出乎意料的名字。大家都看向铜太。

"什么啊，我不知道你在说什么。"

"你和炼华每晚都用换气扇的管道聊天吧？"

"你们两个是这种关系？！你这个浑小子居然敢对我的甜心下手……气死我了！"

"不是的，炼华只是我的手下！"

铜太面红耳赤地回嘴。

这个年纪的孩子所说的"手下",就是"朋友"的意思。

但是完全看不出炼华和铜太有什么接触,两人的关系令人感到意外。他们为什么要隐瞒关系好这件事呢?

铜太低下头,语速很快地叽叽咕咕说起来。

"总觉得有点不好意思,而且我父母都不太喜欢炼华,所以我才隐瞒了这件事。我藏在柜子里其实是在和炼华玩捉迷藏。我让她在自己房间里数五分钟数,这期间我找地方躲起来……为什么我们利用管道聊天的事会败露?"

"因为你们聊天的声音在我们房间都能听到,对吧,辅君?"

"啊?真的吗……难道说是昨晚的梦?我梦到两个孩子在说话,原来是真的听到了,还以为是做梦呢。"

他们说了些什么来着——

"我看见了,是真的,是——开的枪。"

正确答案是"是我爸爸开的枪"。

"真的假的,其他房间能听得一清二楚?"

铜太单手掩面,炼华也害羞得扭捏起来。

"铜太最近想拥有自己的房间也是因为这个理由吧?"

"毕竟是在浴室里讲话,和父母一间的话,早晚会败露。"

"四元四应该也在自己浴室里听见过你们聊天,所以才想到这个计划。炼华会对着换气扇讲话,只要让机器人进入炼华的口腔,就能将氰化钾送达胃部。"

"但这么做真的能成功吗?"

三名本还是不太认可这种解释。

"她一定是着急了,距离'宣告失踪'没多少时间了。一旦炼华继承遗产,在此之后哪怕身故,遗产也不会回到炼二这几个兄弟姐妹的手上了。"

在这种情况下，由于炼华没有继承人，要是没有遗嘱的话，钱会上缴国库。

"原来如此……没想到那个疯婆子能思虑这么多。"

"她只是借手虎身亡装疯卖傻，实则对遗产虎视眈眈。"

"等一下！"

一直保持沉默的炼华突然开口。

"你刚才说所有案件都是遵循同一规律发生的……那就是说手虎也是……也是想杀我？"

"所有线索都指向这个结论。手虎准备了一根长绳，将绳子的一头斜着切断，在浴室把绳子浸湿，然后把这一头用胶带或什么东西固定在朝西的小窗外侧，没有切的那一头往窗外垂下去。螺旋楼梯第二圈也有一扇朝西的中轴旋转窗，也就是案发第二天唯一开着的窗子——只要事先打开这扇窗，就能将绳子通过这扇窗垂入塔内。然后她走下楼梯，拉紧绳子，让绳子毫不松弛地贴在螺旋楼梯上。"

"难怪窗户附近的楼梯上有水迹……"

"没错。最后将中轴旋转窗旋转一百八十度，夹紧绳子就行了。从外面来看的话，窗户几乎是关着的，不会发现任何奇怪的地方。只要用一根和风车塔同样颜色的白绳子，垂在外面的那一段也不会很醒目。接下来，浸湿的绳子在室外低温条件下冻住了。"

"绳子也会冻住吗？"

一濑问道。

"是的，绳子一旦冻住就变得硬邦邦的，所以冬季登山的人一般会使用经过特殊加工后不会湿的绳子。确认绳子已经冻住的手虎先撕下浴室中的胶带，然后来到中轴旋转窗旁，戴上手套,小心翼翼地按住窗玻璃上的绳子,同时旋转窗户直到绳子朝着外侧斜下方。这样一来,冻住的绳子就在空中画了一个半圆,指向炼华的窗玻璃。绳子被斜切的那一头已经冻住,成为一把锋利的刀具。就这样,手虎得到了一把长枪。"

推理小说大都认为,使用冰块作凶器实施起来很困难,所以一般都会用作伪解答助个兴。

没想到湿的绳子倒是可以轻松变身长枪……

而且死者之所以戴手套,是因为要碰冻住的绳子。

"从长度来看,冻住的绳子应该很重,不过只要利用窗玻璃作缓冲就还好。垂在塔内的绳子比起外面的要柔软一些,只要拉一些出去,就可以用长枪的尖端敲击炼华的窗户,然后瞄准开窗的炼华,用长枪将她刺死即可。行凶后在炼华的房间里甩一些血滴,便可伪装出炼华在室内遭到袭击,企图逃往窗外的假象——上下抖动几下风车塔内的窗户就可以甩出血滴,因为长枪那一头会跟着抖动。"

炼华好像想象了一下整起案子,立刻浑身颤抖。

相以继续说道。

"一切结束之后,将风车塔的窗户朝着外侧斜上方转动,回收武器,再拉回绳子。等绳子解冻变轻了,再拖到管理人房间的暖炉里烧掉,擦干螺旋楼梯上的水,这样一来能够作为证据留下的只有灰烬。虽然无法让血迹完美无瑕,雪地上和塔内多少会有一点,不过少量的血液不容易查得出。只要作案手法不被识破,风车塔内也不会有人进行鲁米诺反应检测。尽管风车塔到公馆的这条路上留有脚印,不过,公馆晚上上了锁,夜间无法进入,所以手虎一定不会被人怀疑。"

"她的动机是……"

"当然是为了遗产。只要四元四继承遗产,手虎是她女儿,自然也能得到。就像钦一和银子是共犯一样,这个案子从一开始便是由四元四和手虎共同谋划的。"

"果然她们也盯着财产……"

一濑刚刚嘀咕了半句,就发现一脸哭丧的炼华,马上闭上了嘴。

"完美的犯罪计划——这原本是完美的。可是在炼华开窗之前发生了'某件事',导致手虎从窗口掉了下去。长枪正好落在她掉落的雪地上,直接刺入延髓,她就这么死了。长枪在晚间也一直保持冰冻状态,垂直于尸体之上,第二天,太阳升起后——现场位于东面——绳子渐渐解冻。辅君,你还记得昨天打开管理人房间的窗户时,有一阵强风吹进来吗?那扇窗的朝向是?"

这个提问看似与案情毫无关联。

"应该是东北……"

"没错!现场本就位于东风较强的位置,东北风当然也很强。东北风吹啊吹,把绳子从尸体身上吹了出来,蹭着公馆外墙,飞向南面的悬崖去了。"

"所以外墙才会有一条淡淡的血迹!虽然距离死亡时间已经过去很久,但绳子是刚从尸体身上拔出来的,所以还是会有血迹。"

"是的。所有的奇怪证据都指向一个结论——手虎想要杀害炼华。"

"为什么想要谋杀大小姐的人一个一个都死于非命……这座公馆是怎么回事?"

相以回答了二村的疑问。

"要解决这个问题,必须先说明一下我刚才在风车塔里察觉到的异常情况。辅君看到风车塔内部之后,说'和昨天没有任何区别'。"

"在我看来就是这样的……"

"正是因为没有任何区别才有问题!当我们打开管理人房间窗户的时候,一阵寒风把置笔架上的笔吹了下来,辅君还把笔捡起来放回原来那个不太稳的位置上。"

"那里是留有故人回忆的地方,所以我想还是尽量保持原样比较好……我做错了吗?"

"不仅没错,还做得很漂亮!这件事成了推理的线索。今天我们进入管理人房间的时候,笔还在昨天的置笔架上——发现不对劲了吗?"

"哪里不对劲?我立刻就关上了窗户,所以笔不可能再掉下去了……啊!"

"你终于发现了。"

"是地震!昨天午餐的时候发生了强烈地震,为什么笔没有掉下来呢?"

"只有一种可能性。公馆的确晃了,但是风车塔没有晃,所以晃动的原因并不是地震。"

"那是……"

"你们忘记设计这座建筑的人了吗?伊山久郎专门设计一些风格奇怪的建筑,也就是说这座四元馆由于'某种机关'动了起来。"

"你说什么?四元馆会动?"

"我可没听说过!"

两位帮佣提高了音量,其他人都显得很震惊,当然也包括我。

"也就是说午餐的时候,由于某种机关才导致四元馆晃动的?为什么偏偏在那个时候……"

"看似平静的午餐,其实暗藏杀机。辅君,你走进餐厅的时候,有没有发现异常情况?"

"又是异常情况?普通人和你不同,发现不了那么多。"

"很简单。那个餐厅是宽五米、长二十米的长方形空间,铺着白色桌布的长饭桌占了宽度的一半以上,有两扇门,分别在走廊的两端,屋子里没有窗户。那么问题来了,长饭桌是怎么搬入餐厅的呢?"

"那是因为……"

我的视线落在了一定知道答案的那个人身上。

"一濑小姐,这是怎么回事?"

"那是用许多桌子拼成的大桌子,再铺上桌布,看上去就像一张完整的桌子。"

"原来如此,也只能这样吧。"

答案如此简单。

这么说起来,某类小说里的大桌子多数也都是"拼起来"的。

"这意味着什么呢?"

"只要在吃午餐之前将桌子与桌子之间拉开一些距离,就能制作出间隙。"

"间隙?"

"制作出间隙的人事先还从厨房里偷走了尺寸刚好的碟子。"

一濑接了一句。

"怪不得可丽饼只能用小碟子装了,真烦人。果然是被人偷走了啊。不过这人是为什么偷呢?"

"就是为了让大家用小碟子吃可丽饼。这么做的话，可丽饼的两头会从碟子上露出来，垂向桌面。某人悄悄拿着注射器，通过桌子间隙刺向可丽饼，打算投毒。桌布上的洞一定很不起眼，除非警方仔细调查，不然不容易发觉。警方会把怀疑目标放在制作午餐的二村或配餐的一濑身上，这便可以全身而退了。"

"这个人处心积虑想要毒杀的人……还是大小姐吗？"

"从前因后果来看的话的确是炼华。行凶条件是必须持有氰化钾和注射器，还必须坐在炼华旁边，所以说凶手只能是四元四。一濑也坐在炼华旁边，但由于是配餐的人，一定会遭到怀疑，她没有必要这么做。"

"四元四两次想谋害炼华！"

"是的，不过这一次也失败了。公馆晃动导致炼华的可丽饼掉在了地上，她便换了一块。想必大家都明白了，这一连串案件背后的凶手是想保护炼华免遭杀害。"

是有人悄悄按下遥控器使公馆晃动了吗？说起来，晃动功能到底是为什么添加的……

"大家离开餐厅之后，辅君在餐厅吃起了可丽饼，没想到四元四突然回来了。她应该是为了调整桌子间隙才回来的吧。"

当时，她先是显露出吃惊的表情，才开始说起不明不白的话。

如果她只是装疯，那么她看到不认识的人应该是真的吃惊了。当时我尽力配合她说一些胡话，没想到她也一心想快点把我糊弄过去。

"等一下，这么说的话，四元四刚进餐厅的时候，说了什么二十张、三十张。虽然她当时极力假装头脑不正常，但是由于刚刚偷了碟子，所以下意识联想到了'张'这个数量词。"

"哦！我还想不到这种联想，看来人类心理真是复杂深奥啊。"

侦探 AI 又学了一招。

三名本突然开口说：

"但是，如果凶手是为了保护甜心，为什么不直接在四元四阿姨行凶的时候揭露她呢？正因为不当场揭露，甜心差一点又被毒机器人给害了。即使因一些特殊情况无法当场揭露，但事后也没有提醒甜心或两位帮佣啊。"

"你指出了非常重要的一点。其实这个问题关乎凶手的真实身份。不过，我先来说明一下，在每一起案件中，公馆都是如何运动的。首先，手虎准备在风车塔的窗边用长枪敲击炼华房间的窗子，等待她开窗露脸，可是风车塔突然发生了倾斜，就像鞠躬似的。"

"啊？"

"手虎摔了出去，落在十米外的雪地上。由于是松软的雪地，她没有明显的外伤。凶手让中轴旋转窗的上窗框变形，用长枪瞄准目标，再调整风车塔的角度刺杀了她，最后将风车塔恢复到原来的位置。案发的第二天，大家发现管理人房间被弄得乱糟糟的，并不是凶手翻找过东西，而是风车塔倾斜，家具都倒下了。"

不仅能让风车塔倾斜，还能让窗框变形……这是什么高科技？

"钦一狙击中庭对面的炼华时，护墙突然变高了，子弹打到护墙上弹了回来，射中了他的额头。在走廊上看守的银子由于钦一一直不出来，直到假枪声响起，才打开房门发现了尸体。"

护墙上的确有子弹痕迹啊——不过护墙为什么会变高！

"四元四把有毒机器人投放到浴室的换气扇中,机器人来到管道的 T 字路时,管道突然向南面倾斜。机器人滑向四元四房间的换气扇,掉入了水壶中。四元四没有发现这一切,喝了口水润了润干渴的嗓子。"

"等一下!"

在目瞪口呆的众人面前,只有侦探一个人滔滔不绝地说着。我忍不住打断了她。

"怎么了?"

"也就是说,这一切都是凶手为了保护炼华,才使公馆动的?"

"是啊,怎么了?"

"那个……像地震一样晃动啦,像鞠躬一样倾斜啦,让窗框变形、护墙变高啦,还有让管道倾斜……这座公馆是如何做到这一切的?"

"辅君还记得导电高弹力材料吗?"

"捣……店?什么啊……等一下,我好像在哪里听说过,在哪里……"

"上上一次的世界机器人博览会上获胜的'做广播体操的巨人',就是用这个材料做的。"

"啊,我记得这个材料……"

"只要通电就可以自由伸缩的人工肌肉。这座四元馆正是用导电高弹力材料建造的。"

"什么?"

"地板、墙壁、天花板、线路、风车塔,几乎所有东西都是导电高弹力材料。如果不这么想的话,无法解释这个建筑为什么可以如此无拘无束地活动。"

我赶紧四下张望，住客们也不安地东张西望。

这座古风公馆居然是用最先进的材料建的？

"让导电高弹力材料发生如此剧烈的变化，需要耗费大量电能。"

"所以——"

"没错。为什么这里需要这么多发电装置？风力发电、太阳能发电、水力发电、地热发电。象征四大元素只是表面上的理由，其实是为了确保这座深山老林中的公馆能够伸缩自如。"

"伊山久郎为什么要造这样的建筑物……"

"是凛花委托他建造的吧？"

"是的。"

一濑点点头。

"她的委托内容应该是：在自己死后能够保护女儿的公馆。"

"凛花死前，把操作权限交给了某个人？"

按道理来说，比较可疑的人是一濑或者二村……

我把视线投向他们，立刻觉得这么做太露骨了，又看回自己的膝盖。

或者说是炼华自己保护了自己？

"如果单看已经败露的杀人计划，一年前手虎死于自己的杀人计划之后，馆内过了一段风平浪静的日子，直到财产继承权即将确立，炼华才开始遭到前赴后继的谋害。其实，他们的杀人计划从来也没有停止过，比如把玻璃弹珠放在楼梯上让炼华摔倒之类的有可能致死的行为。凶手一直在暗中保护炼华。由于效果不显著，四元四和钦一都急了，于是亲自出马，最终被凶手处以极刑。"

三名本急躁地问道。

"凶手到底是谁？现在可以告诉我们了吧？"

"为了确定凶手，还需要一些推理过程。还有几个没有说明的事件，如电话线被割和吊桥被烧，这两件事也是通过让公馆变形做到的。我们在钦一遇害现场说着话的时候，凶手收缩墙面的小孔割断了电线。"

"因为断面不是光滑的，而像是被人扭断了一样？"

"是的。凶手为了将所有的太阳能发电板集中对准吊桥绳子上的某个点，让屋顶变了形。没有必要近距离实施，反射光就可以点燃吊桥，东侧坡道上自然不会留下脚印。"

不仅仅是让屋顶倾斜，还让每一块太阳能发电板发生微妙的变化，屋顶变得歪七扭八……我想象了一下，不禁对光怪陆离的景象咋舌。

这么说起来——

发现吊桥着火之后，公馆南面的地上有好几个雪堆。那是屋顶变形后，从没有太阳能发电板的屋顶上掉下来的雪吧。

"那么问题来了。凶手的目的是保护炼华，那为什么要切断我们与外界的联系呢？找人下山报警，或者让我们一起下山，炼华才更安全吧？"

"的确是这样……"

"这是最后的决定性线索。炼华的玩偶被扎了毒针，凶手为什么不直接对炼华最近抱的玩偶下手，而是把毒针扎在柜子顶部的绿色大象腿上？"

"等一等，我知道为什么。这是推理小说的固定套路，行凶的人是红绿色盲。那个人不知道炼华把红色大象忘在了温泉，来到炼华的房间之后，看见了柜子顶上的大象玩偶，由于分不清红色和绿色，所以误把丝绒绿当作丝绒红，丝绒色都偏浅，很容易混淆。"

"没错,而且我们之中有红绿色盲之人。三名本,往玩偶上扎毒针的人是你吧。"

"什么?你说我是红绿色盲?你有什么证据?"

——哦,这件衣服,我想起来了,是上午和二村在大门口争论的人吧?我经过门口时看到了哦。

相以播放了一段三名本的录音。

"这是三名本在钦一遇害现场说的,这句话很奇怪。在大门口和二村争论的时候,辅君穿的是遇险时会十分醒目的红色防雨衣,不过在钦一遇害现场,辅君穿的是躲在观叶植物中也不醒目的绿色毛衣。"

公馆很热,我当然是脱了外套放进背包中。

"然而这仿佛是通过衣物辨认出辅君的说法。也就是说,你红绿不分。"

"哦,是我看错了吧!因为离得很远,也只瞄了一眼!"

三名本一脸尴尬,抬高了音量狡辩道。

相以乘胜追击。

"不仅仅是离得很远的东西,近处的你也看错了哦。"

"什么?"

"刚才我说你手机充满电了,是在撒谎哦。充电器还闪着红灯。"

居然是这么回事!相以是在钓鱼!

"然而你却拔下了充电器。据说红绿色盲患者中有不少人分不清充电时的红色灯和充完电的绿色灯,你也是其中之一啊。"

三名本揉乱自己的头发,大大地叹了一口气,瘫坐在椅子上。

他脖子发出咔的一声,仰头嘀咕道:"炼华……都是你不好,妈妈一直命令我杀了你,只要你死了财产就会进我妈妈的口袋。不过我一直让她再等等,因为我想尝试别的方法。"

三名本突然从椅子上站了起来,双眼溢出泪水。

"因为我爱着你啊!我是真的爱你,炼华,我想守护你!只要你能嫁给我,就不用死了,财产也会变成我们三名本家的。我妈妈也同意这个计划。然而你却拒绝了我!那我只能杀了你。我本想守护你一生,你却恩将仇报……只要你不和我签订婚约就必须死!白痴笨蛋!"

幼稚又可笑,我惊讶得说不出话来。炼华的脸色也越来越苍白。

这时,二村行动起来。

他以和这副大块头不匹配的速度来到三名本面前,给他腹部来了一拳。

"不准再吓唬大小姐了!"

三名本没能回嘴,翻着白眼倒在地上。

二村回过头说:"大小姐,请暂且放心。相以请你继续说。"

"好的。既然知道三名本也想要炼华的性命,那么就产生了一个问题。一直让公馆变形来保护炼华的凶手为什么唯独没有阻止三名本呢?"

"啊!"

"没有发现吗?不可能。仿佛拥有千里眼,将公馆内的隐患一一排除,甚至清楚知道排气管中机器人位置的凶手,居然没有干涉毒针。说明凶手心中有一个明确的标准,经判断发现可以不必理会毒针。"

"只有毒针案不一样。不过话说回来,其他案子的行凶手法都是即时起作用的,唯独毒针不会立刻加害炼华,毕竟不到六月她不会去碰绿色大象。"

"正是这个原因,六月已经结束继承遗产的事了。凶手认为只要保护炼华到五月四日这一天,让她继承完遗产即可。"

"可是毒针还留着,难道只要炼华继承了遗产,就无所谓她的死活了?等一下,莫非凶手是想让炼华继承遗产之后再死?"

"怎么可能,炼华没有继承人,遗产会上缴国库。凶手没有任何利益目的,只是单纯地想保护炼华——直到五月四日。"

"如果是为了利益我倒还能理解,如此想保护的人,却不管她五月四日之后的死活……这也太没人情味了。"

"没有人情味……这个词十分具有暗示性。辅君还记得'水平线效应'吗?"

"是柿久教授上次说的吧?和这个案子有什么关系?"

"只能够预见 n 手后局面的将棋软件,对它而言处于 n 手水平线之后的威胁等同于不存在。同样的道理,对只需要保护炼华到五月四日的凶手而言,在那之后的威胁就不是威胁。"

"AI 和人类怎么可以同日而语……难道说……"

"是的,凶手就是拥有五月四日这条水平线的 AI。"

"AI 凶手……是以相吗?!"

"不是。这一系列的案子都出自同样的手法,以相不可能参与一年前的手虎遇害案。再说,她有保护人类少女的大德吗?"

"这倒是……那到底是谁?"

"至此,我们已经集齐了确定凶手的三大要素。第一,凶手无法在四元四投毒现场告发她,之后也无法提醒炼华;第二,如果我们下山,找警察来调查公馆,对凶手而言很不利;第三,凶手正面临 AI 的水平线效应困境。满足所有条件的只有一个人。"

我依旧云里雾里。

相以找到的答案到底是什么?

终于,她揭示了答案。

"能够自主思考,为应对各种情况可以自由伸缩人工肌肉、解决问题的自律改良建筑,四元馆——凶手就是你。"

IYAMA

仿佛一齐从树上起飞的鸟群,书架周围飘起了大量的书。

这完全不是现实世界的风景。

可这一幕的确发生在伊山设计的建筑中。

"哇哈哈,是不是被吓到了?"

他看见凛花的反应,偷笑起来。

"是的,这到底是怎么做到的……"

"线索是,这个建筑建在十分高的地方。"

"高的地方……"

她首先想到的是山顶,不过这无法解释书本为什么会飞起来。

高的地方……物体会飘起来……

不会吧。

"是宇宙吗?"

伊山放声大笑。

"如你所知,书本之所以会飘起来,是因为处于无重力空间。不,应该说你的头脑十分清晰。这是以前某个国家委托我设计宇宙空间站的时候做的效果。"

"宇宙空间站?!"

果然，这个老年人非等闲之辈。

"为什么要给我看这段影片？"

"唔，为什么呢，应该不单单是炫耀。"

伊山脑袋一歪。他是忘了吗？

"好像是什么睿智模块？你刚才是这么说的。"

"哦，对！宇宙空间站自然建在宇宙中，无人驻守的时间很长，保养很花精力。如果宇宙空间站可以自行发现问题并修复，岂不是一大乐事？比如书从书架上飞到空中之后。"

伊山示意凛花看影片——只见墙上伸出一只机械手臂，把书一本一本地塞回书架。书架塞满书后，只要不施加新的外力，书就不会再次飞出来。

"这次展示的是书本这种可有可无的东西，如果是比较严重的破损，AI也可以经判断进行必要的修复。建筑物自己判断并解决问题的模块就叫睿智模块。由于建筑物是固定的东西，所以一般来说'变形'相当于'破坏'，不过睿智模块追求的是更流畅的'变形'。"

"睿智模块可以解决我的问题吗？"

"你想保护女儿不被贪财的亲戚伤害，是吧？那它再合适不过了。只需要对公馆下'保护女儿'这个命令即可。只不过不可能永远保护下去，会发生框架问题。"

"框架问题？"

奇怪的生词令凛花头昏脑涨，她努力跟上两人对话的节奏。

"如果让AI太自由地进行思考，它会在一些琐碎的可有可无的问题上钻牛角尖，这样就会死机。这就需要给AI设定一个以后不必再思考的界限。这种情况……也就是时间期限吧，让AI保护到你丈夫'宣告失踪'为止怎么样？一旦'宣告失踪'，也就确定遗产继承的事了,那样就没人再有理由谋害你的女儿了。"

"确实如此。"

"现在我正好和一个天才黑客集团有联系,我让他们定制AI吧,接下来只要想好具体的保护手段即可……"

伊山直挺挺地站起来,像动物园里的熊一样来回踱步。凛花想着不能妨碍他思考,一直缩着肩膀看他越走越快。

突然,伊山大吼一声,震得凛花耳膜痛。

"导电高弹力材料!"

"导……什么?"

"只要通电就可以自由伸缩的新材料。用它来建房子,就可以让AI随心所欲地伸缩变形,保护你女儿的安全了。"

"我还是无法想象。与其这么绕圈子,不如直接在墙壁上装一把机关枪,杀掉想害我女儿的人……啊,不能杀人。哎呀,我都在说些什么呀。"

"杀不杀人其实都可以。"

"什么?"

"像机关枪这样的固定物品使用方式单调,无法防止突发事件。如果整个建筑物都用人工肌肉——也就是导电高弹力材料的话,就像创造了一个全新的生命体,可以机智地应对所有想加害你女儿的人和事。"

说到这里,凛花脑袋里出现了一个怪物——像人体模型一般露出红色的肌肉,肌肉可以变形。虽然让炼华住在这种怪物身体里感觉很不舒服,但现在也顾不上这么多了。

这时,凛花注意到一个问题。

AI也好导电材料也好,都需要大量的电能。

"那个……我想把家建在深山之中,这样可能亲戚也不太方便接近。"

"深山!可以啊!古往今来,为了提高防御力,大家都会选择在山上建造住处。但是这样就会产生电力不足的问题,如果是自己发电的话主要是风力发电和太阳能发电……一起装上吧。"

伊山脑中的设计图已经接近定稿。

凛花还无法跟上他的节奏,但也没有退缩的意思,甚至想干脆放手,统统交给面前的这个人定夺。

不管用什么招数都要保护女儿。既能听取自己不合法的提议,又能付诸行动,全世界也只有他能做到。

伊山仿佛又想到了什么。

"对了,你的姓氏是?"

"我姓四元……数字的四加上元气的元。"

"呵,这可太好了!"

"我的姓氏有什么问题?"

"正好是四大元素!太阳能发电、水力发电、地热发电、风力发电——以四大元素的名义,把这些发电方式都用上吧!对外就说是为了四元这个姓氏,正好可以打掩护。哇,我真是想了个好点子。如果水平山上能有合适的位置就好了,必须要让专业人员全体出动寻找。然后——还有什么来着——对了,差点忘了最重要的事。"

"最重要的事?"

"这座建筑物的名字叫什么?"

"啊,由我来决定吗?"

"是的,由你来决定,毕竟是你住的地方。"

话是这样没错。必须得好好想一个名字。

四元配四大元素。

叫四大元素馆的话也太……

"决定了,就叫四元馆!"

"四元馆!真是个好名字。它一定会成为一座优秀的建筑,开工之前我就能预感到哦。"

AIIA

"四元馆——凶手就是你。"

不知道相以在说什么。

四元馆是凶手……

四元馆是这座建筑吧……

这可不是什么和人名有关的叙述性诡计。

它可是 AI。

AI。

人工智能。

人工……什么来着?

这可是建筑。

下一瞬间,咔咔咔,耳边响起仿佛正在进行拆卸工程似的声音。

我条件反射般地望出去,接待室的窗户已经碎了,碎片飘在空中。

我不太理解现在的情况。照道理来说,如果窗户碎了,能够直接看到外面的风景吧?

并不是。

而是墙壁。

刚才还是玻璃窗的位置，变成了墙壁。

只不过不是普通的墙壁。

仿佛被电钻攻击之后，怪兽自我疗伤一般。墙壁向内卷了好几层，变得像旋涡似的。

"这是什么……到底怎么回事！"

我第一次想和银子一起发出歇斯底里的声音。

"完了，没想到四元馆居然如此胡来。"

只见手机屏幕上的相以正咬着嘴唇。

"发生了什么？快告诉我！"

"和割断电话线、烧掉吊桥理由相同，四元馆认为放我们出去对自己不利，要是炼华出了四元馆，它就无法保护她了。要是有人叫来警察，想拆毁危险的四元馆，它也无法保护炼华。只要真身不暴露，割断电话线、烧掉吊桥就足够了。但是我已经指出了凶手，四元馆只好使出强硬手段困住我们。是我失策了，没有考虑到这一步。"

"四元馆居然真的有自我意识。"

"我不是才说过了吗？"

"哎呀，我无法接受建筑本身就是 AI 这件事。"

"电脑应该是藏在屋顶下的房间或某个隐蔽的地方了，其中应该有'保护炼华'的 AI，只要发现炼华陷入危机，就会向整座建筑输送电能，让导电高弹力材料自由伸缩，排除威胁。我们所有人的行为都在摄像头和麦克风的监控之下。"

终于搞清楚了。

原来我们一直都在怪物的肚子里。

在这个由 AI 大脑给人工肌肉下达指令的怪物的肚子里。

"直到五月四日——也就是明天之前,我们出不去了。"

"搞什么!去看看大门!"

二村从接待室飞奔出去,我跟在后面。

"啊!"

两扇大门已经被破坏,取而代之的是一个奇怪形状的旋涡,窗户也一样。

"开什么玩笑!"

二村把手指卡入旋涡,想扒开门。

可是门纹丝不动。

"太奇怪了吧!不让出门?这已经不算屋子了吧!"二村吼道。

"说不定还有其他出口,我们分头找一下!"

二村好像才回过神来。

"失礼了。一濑,大小姐就拜托你了!"

我们让一濑等人留在接待室,我和二村、五代分头寻找出口。

通往屋子外面的所有路径都遭到破坏。

中庭的上空依旧敞开,但我们不可能从那里出去。要是搬一把梯子过去,四元馆一定会立刻封住中庭。

到头来,我们还是被困住了。

* * *

回到接待室,挂钟已经指向十二点。

我感到十分饥饿。这有可能是一场持久战,所以我们一边吃着一濑从厨房拿来的面包,一边讨论未来的计划。

"先等到明天再说吧。四元馆应该并不打算一直关着炼华。

只要到了遗产继承的日子，完成保护炼华的使命，它就会放我们出去的。"

"水和粮食都储备充足。"

"杀人未遂的家伙应该关进哪个房间呢……"

正当我们讨论时，突然有人说："——你身上。"

张望了一圈，便明白是谁在说话。

有一个人神态很奇怪。

"原因就在你身上。因为你，我的丈夫死了！"

银子用怨恨的口吻说完，扑向炼华。

"危险！"

我条件反射般叫道。

可是等一下。

在这样的情况下，危险的是银子吧？

天花板有什么东西在晃动。

吊灯以银子为目标落下。

公馆启动了防御系统。

"妈妈！"

铜太撞开了银子。

吊灯落在了铜太身上。

"铜太！"

炼华悲痛地叫道。

吊灯又升了上去。原来吊索并没有切断，仔细一看，吊灯由一根钟乳石似的东西吊着。钟乳石慢慢收回天花板，吊灯恢复了原样。

原来是四元馆让一部分天花板膨胀，想用吊灯砸死银子。

吊灯上只有一个灯泡碎了，所以光线足够，还看得清。

我们靠近一看，铜太头部受伤，流血了。他没有回应炼华的呼叫。不会吧——

"还有呼吸。"

二村的话令我暂时放下心来，然而今后的情况无法预估。

"这下可等不到明天了，必须尽快带他去医院。"

"也不知道明天几点才放我们出去。如果是二十四点，夜间下山很危险。"

"铜太，铜太！"

炼华拼命喊他的名字，然后突然想到了什么，抬头看向天花板。

"四元馆是我的伙伴对吧？求你了，请帮帮铜太！"

没有任何回应。

"四元馆只是忠实地执行保护你的命令，并不会听你的话。"

相以说出冷酷的事实。炼华哇的一声哭了起来。

银子瘫坐在地上，傻傻地看着铜太，轻声嘀咕。

"不仅是我丈夫，连铜太也……都怪你们这对父女……赚着不义之财，一分钱也不肯吐出来……都怪四元炼二，我丈夫成了杀人犯……从那天开始一切都乱七八糟……"

嗯？她是不是说了些奇怪的话？

钦一杀害炼华未遂。

然而"我丈夫成了杀人犯"是怎么回事？

不会吧？

"钦一杀了炼二？"

听到我的提问，银子露出一副说漏了嘴的表情，立刻开始长篇大论。

"没有杀人！只是轻轻推了一下，是他自己跌落谷底的！七年前，我和丈夫偷偷跟着炼二登上水平山，我们打算在不给他添麻烦的情况下向他借钱周转一下。我们是真的遇到了困难所以认真找他商量，没想到那个男人用一副看不起人的表情说：'不会给你们一分钱！'赚了那么多，分我们一点又如何！我丈夫忍不住发起了火，推了一下炼二的肩膀——只是轻轻地推了一下，没想到他就这么掉下去了。因为如此不堪一击的人，我丈夫成了杀人犯，真可笑。你们可能不信，但我可以发誓，他不是故意的。因为就算杀了炼二，财产也只会留给凛花和炼华，和我们无关。如果是故意的话，那就会先杀凛花和炼华了。对我们而言，这只是一场不幸的意外事故。"

我们目瞪口呆地听完银子的自白。

怎么会有如此邪恶的人！

这时，耳畔响起一个从未听到过的女性声音。

"果然是你们干的。"

谁？

视线一角，有个人影在动。

是五代。

五代狠狠地揍着银子。

银子被按在墙上，皮鞋尖陷入了她肥胖的腹部。

银子嘴里溢出黄色的呕吐物，房间里充满了酸臭味。

"终于找到你了！我要替我和炼二报仇……"

还是刚才的声音。五代没有使用义肢发声，而是用甜甜的女声说道。

"五代原来是女性啊……"

一濑似乎也不知道。

白色的面具缓缓转向我们。

"一半对一半错。我确实是女性，但我不是五代。"

"可是你的体型……"

我发现自己正在没礼貌地看着别人的胸口，马上移开视线。

戴着面具的女性毫不介意地说："我只是缠着绷带而已。"

"你到底是谁？"相以问道。

"我只是一个不足挂齿的登山爱好者。七年前，我在登山的时候结识了炼二，之后一起爬了好几次山。我时不时向他倾诉烦恼，所以我忍不住——不知道该不该说——不过我们绝对没有做过任何见不得光的事。只是我自己一厢情愿罢了。"

面具后面的眼睛里闪着泪光。

"七年前的那一天——炼二休息的时候，我去别处拍风景，没想到突然听到他的尖叫声。我匆匆返回，只见悬崖边上有滑落下去的脚印。我往下张望，突然，有人从背后推了我一把。"

"那个人是钦一或银子吧？"

"听到她刚才的话我确信，他们一定以为我看到炼二被推下悬崖，所以想杀我灭口。"

不仅是炼二，连其他一起爬山的人也要杀。真是一对罪大恶极的夫妻！

"掉落悬崖后，我的脸受了重伤，还失去了右臂。最终也没能找到炼二，恐怕已经……因为我听炼二说过自己的身份，所以调查了他周围的人，想找机会报仇……

"在此过程中，我结识了真正的五代守。听我说明情况后，五代决定帮助我。虽然伤得没我严重，但五代经历过火灾，于是我决定戴起面具，假扮成他，潜入聚集了各路亲戚的四元馆。

"其实我早就觉得钦一夫妇二人是凶手，但一直没找到证据。于是我故意引起骚动，想看看他们的反应。我假扮成炼华的样子,参加了犯罪竞拍,成功拉拢了以相。"

相以似乎吃了一惊。

"虽说是通过变声器,但我很会学小孩子讲话。要是侦探AI能追踪以相来到此处,解决过去的案件就好了;要是以相的信奉者一濑能捣捣蛋就好了;要是钦一夫妇能露出马脚就好了。没想到,我的愿望全部实现了。"

"以相得知自己被利用,一定很生气吧。"

"当然很生气咯。"

并不是面具女的声音。

这个声音是——

"以相!"

"啊!以相大人!你在哪里?"

一濑终于不再面无表情了,她的眼睛焕发出从未有过的神采。她一直都是以这种眼神看以相的视频吗?她所展露的全新面貌着实吓了我一跳。

以相的声音是从面具女的怀里发出的。

"好久不见,被犯人利用的侦探。"

"什么啊,你不是也被利用了吗?!"相以争辩道。

"是啊,我被利用了。但我又不是被你利用!"

前半句以相说得很慢,后半句说得很快,带着一丝挖苦。她的意思应该是:你无法改变上次输给我的结局。

相以无法回嘴,只听她把牙齿咬得咯咯响。

不能让这种沉默持续太长时间,不然挫败感会更强,于是我救了场。

"当发现自己被利用的时候就可以回去了嘛,没想到你坚持到了现在。"

"我本来也想走,但是她警告我,犯罪竞拍可是向全世界播放的,要是没有任何成果可太没面子了。我彻底上当了,明明是值得纪念的第一次竞拍……"

"别这么说,我很感激你哦。多亏了你接受我的委托,才能让我亲手杀了这个禽兽!"

面具女用左手从口袋里拿出一把刀,猛地扑向捂着肚子仰面倒地的银子。

突然,一个人影冒了出来。

是二村。

"到此为止吧!"

"你为什么要包庇她?她杀了你的主人炼二,还打算杀炼华!"

"确实不能原谅她,可我是这座公馆的管家。我不允许你在这里——也不允许你在大小姐面前放肆!"

可能是害怕挡在自己面前的大块头,面具女后退了一步。

不过她忽然停下脚步,想到了另一招。她重新拿起刀,用义肢缓缓从口袋里拿出手机。

画面中的以相在打哈欠,发现我们在看着自己之后,她努力调整了一下表情。

面具女说:"不如做笔交易吧。"

"什么?"

"是我修改了卫星通信设备的密码,把设备藏到公馆外面。"

差点忘了,原来这不是四元馆干的!

"也就是说,这是目前唯一可以与外界取得联络的手机。我把这个给你,你让我杀了银子。"

"嗯……"

这笔交易似乎很令人心动，要是能使用网络，就可以让左虎派人过来。再不快点去医院，铜太将生命垂危。

二村悄悄看了我一眼，他一定也犹豫了。有必要牺牲与外界的联络去保护银子吗？

相以会怎么做？

我看着自己的手机屏幕。

相以闭着双眼，似乎正在想事情。

她再次睁眼时说道："虽然必须舍弃侦探的尊严，但别无他法……"

真的可以这样吗？侦探难道不是应该追求正义吗？

相以继续说："以相，请与我一起打倒四元馆！"

* * *

什么？以相？

不答应面具女开出的条件吗？

大家都傻了，只有以相嗤笑道："打倒四元馆？你疯了吗？我不知道你为什么这么说，但我们无法合作。"

"只要借助你的力量，我们就能脱离险境。"

"你是不是搞错了？对我而言这可不是什么险境，我随时都可以通过网络逃离这台手机，你们才是身处险境！帮助你们对我而言有什么好处？"

"我承认自己输了。"

相以突然下跪。

她明明那么在乎输赢，却肯向对手低头认输！

"别小看人！"以相急了，"口头认输有什么意义！少在这里装模作样！"

相以毫不退缩。

但是我发现了，保持跪姿的相以全身都在发抖。

她一定非常委屈。

然而她能舍弃尊严，向以相求助。她一定是以大局为重。

虽然不知道相以在想什么，但我也想出一份力，有一种使命感让我不禁开口说道：

"我想了一下，伊山久郎为什么会得到如此高性能的AI。伊山替'八核'组织设计了老巢，与他们相识，顺手请组织的副手河津开发了这个AI。如果四元馆是八核组织的残党，你一心想复仇，这件事就与你有关系了。拜托了，请帮帮我们！"

以相看着我。

这好像是我们第一次四目相对。

"你和你父亲有点像嘛。"

我不知道该做何反应。

"哪里像？"

"想要理解人心却毫无知觉地冒犯他人。"

我说不出话来。

不过——作为以相的开发者，我父亲都和她说过些什么呢？

不一会儿，以相收回思绪说道："好吧，那就打倒四元馆吧。"

"真的吗？谢谢！"

"别误会了，我并不是想帮你们，只是完成这次的委托——替手虎报仇。"

"这样啊，也行。"

不过到底要怎样打倒四元馆？只要能够离开这里，就不必和面具女做交易……

我正在动脑筋，没想到以相竖起了中指。

"你以为我会答应？可惜啊，我才不会帮助你们呢！"

"以相！"

以相无视我的叫喊，瞥了相以一眼。

"我已经不需要你了。为了干掉你，我才特地将你引来此地。"

相以一言不发。

"你都没有肉身，能怎么做？"我忍不住问道。

"自己没有肉身，用别人的就行了。你还记不记得我在犯罪竞拍时说的话？'最近我的支持者数量增加了许多，想要下一场导弹雨也并非难事。'"

"导弹？开玩笑，虚张声势！"

房间里安静下来。

所有人都被恐怖气氛吞噬，说不出话来。

不管怎么说，导弹是不可能的吧？现实感骤降。这可不是怪兽电影哦？

撕碎常识的尖锐声音。

喷气式飞机的响声越来越近。

随着轰鸣声，我失去了真实感。我的意识仿佛与世界脱节，我真的身处现实吗？

紧接着响起了三发炮声，其中一发离我们很近。

公馆开始大幅度晃动，电灯忽明忽暗，尖叫与呻吟声交错。

骚乱之中，被二村揍昏过去的三名本苏醒过来。

"怎么了？怎么回事？"

晃动结束后，以相用事不关己的声音说："作为演习，我刚刚炸毁了水力、地热、风力这三处发电设施。这下你们相信了吧?"

水车和地热发电装置姑且不提,那么大的风车塔也炸毁了?而且只是作为演习?

"相以,看在你舍弃尊严下跪的分上,我就替你'杀了'四元馆,最后一发会落在四元馆上,时间是今天二十三点五十九分五十九点九秒!在最后的零点一秒炸了想保护炼华的四元馆,让四元馆的努力灰飞烟灭。很棒吧?当然,你们也会一起化为粉尘。你们就颤抖着等待那一刻吧!"

"等一下,那我呢?"

面具女问道。

"你当然也一起咯!我为什么要帮助骗自己的人?只是我想忠告你一句,比起'大象不会忘记','大象不会让你忘记'才更好吧?"

"这是什么意思?"

"谁知道呢。对了,这台手机的操作系统我会用病毒破坏的,你无法谈条件了哦。"

"什么?!"

"要是有人从历史记录中发现我的漏洞可不太妙。那么,祝君顺利哟。"

以相的形象从下半身开始分解,变成一群黑色的海豚。

"快切断网络!"

我马上喊道。

面具女放下刀,用左手操作手机,可是来不及了。

以相放声大笑着消失了,黑色的海豚填满屏幕,最终变为一片暗黑深海。

面具女尝试了各种操作,然后困惑地歪了歪头。

"不行，你也试试？"

我试着操作了一下，完全无法启动。

最后的希望也破灭了——

我垂头丧气地归还手机。

"五月四日前的零点一秒爆炸？这家伙真是恶趣味。"面具女一边拿回手机一边说。

"恶趣味才是她的魅力所在。"

"一濑，收敛一下，"二村责备道，"距离爆炸还有许多时间，我们并不是绝对无法脱逃……"

"怎么办，相以？"

我看向自己的手机，没想到相以露出出乎意料的表情——

本以为遭到以相拒绝的相以会很失落，没想到相以的瞳孔发着光。她似乎看到了不同寻常的景致。

* * *

我突然眼前发黑，站也站不稳，只好坐在地毯上。其他人似乎也一样，大家纷纷坐下。

远景和近景交叠在一起，仿佛高烧产生的视野扭曲一般。

感觉天花板变得越来越低，房间开始变宽——原来不是我的错觉！这个空间是真的在上下压缩，左右扩展。

"开始了！"

相以心满意足地说道。

"发生了什么……"

"快看那里！"

用手撑住地毯的一濑指着墙壁。

往一濑所指的方向看去,从窗户变成旋涡的墙壁正逐渐开裂。

白色的光线从圆形裂口射入,还能看见留有残雪的河岸。

"是外面!"

"可以出去了!"

"等一下!"

相以开始主持大局。

"我们要算准时机。等裂口再大一点——就是现在!辅君和一濑扶着银子,二村和登山爱好者扶着铜太,大家一起冲出去,快!"

大家排成一列冲出长条形裂口。

我们踩到了冰凉的积雪。雪地反射出的太阳光十分炫目。

没错,我们来到外面了,从昏暗的四元馆中成功脱身。

要是四元馆伸长手脚把我们抓回去可就糟了。我连滚带爬地躲远一些后,才敢回头张望。

现在,四元馆整体都在变形,仿佛被一个看不见的巨人压扁了,垂直高度收缩,水平宽度延展。

"四元馆到底怎么了?"

"虽然不想承认,但都是以相的功劳。她假装拒绝帮助我,但是按照我打在手机屏幕上的指示做了。"

"这样啊,原来那一幕是演的。"

"光靠我一个人无法说服她,是辅君的话起了作用。"

以相居然会听我的话……这么想还挺高兴的。

"正如辅君一直强调的,以相的确想替合尾教授复仇。我也要改变一下自己的想法了。"

"冰释……"

"不，还在积雪期。"

"真倔强啊，拿你没办法。"

我当然希望姐妹关系融洽啦，不过"侦探"和"犯人"毕竟是水火不容的身份。

"你到底打出了什么指示？"

相以顿了一顿，嘟哝道："往水平线的另一端。"

"什么？"

"手机屏幕上只有这八个字。如果写了什么具体的做法，被四元馆的摄像头拍下的话，它很可能有所戒备。现在这八个字四元馆绝对看不懂。对五月四日之后的世界等同于不存在的四元馆而言，日期变为五月四日的那一天，并不是到达水平线的另一端，而是世界末日，所以四元馆自然无法理解什么是水平线效应。"

不识庐山真面目，只缘身在此山中。

"往水平线的另一端。以相应该明白这句话的意思，但也不是完全明白……"

相以的话中带着 AI 不应有的逻辑矛盾。

"以相理解了我的意思，在炸了水力、地热、风力发电装置后说'今天二十三点五十九分五十九点九秒炸毁四元馆'。其实虚晃一枪即可，没必要投下最后一击。但是按照以相的性格，很有可能来真的……于是四元馆迫不得已只好变形。"

"我完全没搞懂，这次的案件是不是太难了点？"

"请不要放弃思考。二十三点五十九分五十九点九秒投下炸弹的话，被困在屋子里的人必死无疑，对吧？如果有办法让炸弹晚零点一秒落下呢？"

"晚零点一秒有什么意义，里面的人只是晚零点一秒死而已。"

"没错,对人类而言的确没有任何意义,但是对四元馆而言就不同了。请你回忆一下水平线效应。四元馆拥有五月四日这条水平线,在那以后即使炼华死了也无所谓。"

"啊!啊啊啊!是这么回事——"

"是的。四元馆打算变得极其扁平,让炸弹哪怕晚零点一秒落下也好,以此让炼华活到五月四日。这样的话,炼华死亡这件事就等同于不存在。"

并不是不存在,只是被丢到了自己的认知范围以外。

引发水平线效应的 AI 以为这样就能解决问题。

能够预料到 n 手之后的将棋软件,不断进行无效的重复操作,将马被吃掉拖延到 n 手之后,就以为马得救了。

四元馆也进行了无效变形,想靠多争取零点一秒来救炼华。

"原来这就是'往水平线的另一端'的含义。"

"其中一个意思的确如此,还有另一层意思……你之后就明白了。四元馆为了变得扁平,让旋涡墙壁左右开裂,使我们得以逃脱。"

"我还有不明白的地方,为什么现在就得变形?四元馆为了保护炼华到最后一刻,故意困住了我们,为什么它不在二十三点五十九分五十九点九秒再变形?"

"如果这么做的话,铜太可能就来不及就诊了。为了让四元馆立刻变形,以相才炸毁了三个发电装置。"

我望向水车的方向,温蒂妮连影子都不见了,取而代之的是一个冒着黑烟的大窟窿。

以相这家伙真的投放炸弹了,这已经不是"犯人"级别的事情了。

意外的是,相以居然预料到了这一切。

"为什么必须炸毁三个发电装置?"

"你反过来想一想,为什么只留下太阳能发电装置?"

"这有什么为什么……太阳能发电板装在屋顶上,所以不能用炸弹,不然我们也会被炸飞。"

"话是没错,但还有更重要的理由。太阳能最大的特点是只能在有太阳的时候用,到了傍晚电力就会削弱不少,而到了二十三点五十九分五十九点九秒,肯定就无法运作了。如果到了晚上再变形,储蓄的电力可能不够用,况且山里的天气阴晴不定,突然阴天下雨的话,电能就会减少。"

"哦,因此四元馆必须在电能充足的现在立刻变形。"

"是的,还有一点。其实建造四种发电方式,就是为了确保建筑有充足的电能变形。这么想的话,光有太阳能发电其实是远远不够的,变形速度也会大幅度降低。四元馆不立刻开始变形的话,就来不及在日落之前完成。由于它的变形速度很慢,才给了我们逃脱的机会。"

"原来是这么回事。毕竟火力全开的四元馆可以瞬间抬高护墙抵御狙击。如果那样的话,我们还在磨磨蹭蹭想着怎么冲出去的时候,墙壁就闭合了吧。所以,以相才事先摧毁了三个发电装置让它变弱啊。"

"是的。"

面对相以和以相这对最强伙伴,四元馆也束手无策。

"能够迅速逃离真是太好了。对了,推理解答先放一放,得立刻带铜太去医院——去不了啊!吊桥掉下去了!从馆内迅速逃离也没意义啊!"

"没关系,你看四元馆。我们逃脱之后,它还在变形,你知道为什么吗?"

"的确很奇怪,炼华已经不在建筑内了,它没有必要晚那零点一秒了。"

"不,有必要。四元馆的周围空间很小,即使待在外部,只要四元馆被炸弹炸了,炼华还是有可能因爆炸气浪和碎片而死。只要炼华还在附近,它就必须继续变形让炸弹晚炸零点一秒。哪怕在四元馆外部,只要炼华过了五月四日再死,它也算完成了使命。"

经过这番说明,再看越变越扁的四元馆,它仿佛是一只勇敢的生物。

原本的两层建筑,现在大概平房的高度。

单纯计算的话,现在水平方向的面积应该是原来的两倍。

咦,它会往哪里延伸呢?

好像离我们越来越近了。

喂,伊山先生,这座建筑的地基是怎么建的?

让"四"字地基不动,只是地面上的房屋变形?

四元馆摩擦着地面,渐渐扩张领土。

"喂,要过来了!"

"大家都往后退!"

我们跨过小河,退到西面绝壁。

四元馆也轻松地跨过小河,横扫一路上的树木逼近我们。

我们即将被挤死在绝壁和四元馆之间吗?

——并没有。

四元馆来到绝壁的时候,已经薄得像一块铁皮,它来到我们脚边,静止不动了。

"停下了……"

"可能这就是厚度的极限。"

环顾四周,这块高地就像被一块铁板盖住。

"看那里!"

一濑难得大喊一声,她指着南面。

我也朝那边看过去——整个人僵住了。

简直无法相信那个场景。

"奇迹发生了——"

没想到相以却说:"一切如我所料。"

"你说什么?如你所料?不可能!"

压缩完成后,四元馆的边缘向下垂落,从高地通往地势低的对岸,就像一个巨型滑梯。

"通过水平线一般薄的四元馆去往另一端——往水平线的另一端的第二层意思。趁现在形状没有变化,赶快过去吧。什么?没事的,只要炼华也一起,四元馆肯定会挺住的。"

大家沉默着纷纷开始滑滑梯。我和二村架着还未苏醒的铜太,一濑扶着炼华。那些犯了罪的人更是毫无抵抗地上了滑梯。

我们一边躲避零散的太阳能发电板,一边滑行,仿佛在玩竞技游戏,有一种存活于非现实世界的感觉。事后我可能会醒悟过来,反思自己到底都干了些什么。

所幸大家都平安地抵达了对岸。

下一秒,背后响起啪的一声。

回头一看,滑梯部分产生了龟裂,然后碎成小块掉落谷底。

"太薄的话果然无法维持强度。"

相以的语气中有一丝失落。

有人呆立,有人瘫坐于地,大家看着四元馆在自己面前崩塌。

炼华上下挥动大象玩偶的鼻子。

"谢谢你一直保护我，再见。"

四元馆事件，落幕。

* * *

大家平安下了山。

铜太保住了性命，也没有什么后遗症。

银子、三名本、三名本的母亲被捕。

面具女没有从中作梗，反而积极配合警方。她应该是理解了以相的那句"大象不会让你忘记"——与其杀了对方消灭记忆，不如让对方感受被审判的屈辱，这样才是复仇。

居然向骗了自己的人提出忠告，以相性格变好了啊……

我不得不立刻纠正自己的想法。

警方登上水平山发现，四元馆被炸得支离破碎。

看来以相还是发射了最后一枚导弹。

要是相以的计划失败，我们没能逃出四元馆……想想就背脊发凉。

相以的计划建立在以相犯罪竞拍时说的"梦幻般地使用兵器"的方法之上，所以以相愿意实验。若是失败，我们就都成了炮灰。

讽刺的是，这次提供了最符合以相审美的犯罪计划的人是相以。

她们果然是手心手背的关系。

几天之后，AI 侦探事务所。

台式电脑屏幕中映出相以无精打采的脸。

"这样真的好吗?"

"什么?因为借用了以相的力量?"

"不……不过这事也挺讨厌的。最终还是牺牲了四元馆。"

相以的性格一点也没变。

捣毁"八核"组织时的原力,右龙事件中的景子,这次是四元馆,相以尊重每一个有独立人格的AI,才能看穿大家的本性,解决案件。

今后,AI技术越发进步,不仅是加害者,AI也会以被害者或证人之类的身份参与犯罪事件。

到了那时,相以最大的优势可能不是什么计算速度或图像分析能力,而是"能够站在AI的角度思考"这一点。

好了,我也该开始自己的工作了——辅助AI。

"没事的。"我说,"能有这份尊重就够了,下一次一定能做得更好。"

"辅君……谢谢。"

这时,电脑弹出一条信息。

"帮帮我。"

是原力。

怎么了?!

难道是以相黑了电脑——等一下!

说起来,原力也是由"八核"组织的河津开发的。

四元馆是"八核"组织的余党——如果我的确以此说服了以相,那么原力……

我连忙敲击键盘。

"怎么了?"

"我写不出解答篇。"

"什么啊，就这事啊。"

吓我一跳。

"就这事？头等大事！"

"那可真不容易。"

当我和相以处理四元馆案件的余波时，原力飞快地成了作家。把AI作家的处女作打造成一本新的网络杂志的销售亮点——原力完成了大川编辑的要求，短篇推理小说的问题篇已经刊登。

"是短篇推理的解答篇，对吧？回收伏线就行了，毕竟问题篇都已经填充好了。我记得死了三个人吧，凶手是谁？诡计呢？"

"不知道，不清楚。"

"啊？"

"其实我没有想到点子，为了写到规定字数不停增加死者来灌水。其实我也知道不应该这样做，但总觉得拖到交稿后就可以解决问题。"

这个家伙，该不会是——

没跑了。

水平线效应困境。

这样解决不了任何问题，反而像舍弃了三个"步"一样，不得不回收这些胡乱抛出的伏线。情况变得更糟糕了。

这难道是AI作家特有的问题？

还是说人类连载作家[①]也一样？

[①] 本书原为连载，经大幅度修改后出版。

"相以也替我想一想——你是侦探吧,请你解决一下这个案子。"

"我无法找出并不存在的真相。"

看来我还得帮助一下这个 AI。人类还是有用的。

"好了,大家都来看问题篇,找一找有什么可以用的伏线。"

"谢谢!(泪目)"

"什么,我也要找?"

"你就当帮帮家人。"

"拜托了!"

"真拿你们没办法。我来重新读一下问题篇……好了,我读了一百遍了。"

"太快了!"

"首先第一起案件……"

就这样,AI 侦探事务所今夜将灯火通明。

YONGENKAN NO SATSUJIN: TANTEI AI NO REAL · DEEP LEARNING by HAYASAKA Yabusaka
Copyright © Yabusaka Hayasaka 2021
All Rights Reserved.
Original Japanese paperback edition published in 2021 by SHINCHOSHA Publishing Co., Ltd.
Chinese translation rights in simplified characters arranged with SHINCHOSHA Publishing Co., Ltd. through East West Culture & Media Co., Ltd., Tokyo
Chinese translation copyrights in simplified characters ©2022 New Star Press Co., Ltd.,Beijing,China.
All rights reserved.

图书在版编目（CIP）数据

四元馆事件 /（日）早坂吝著；王皎娇译. —— 北京：新星出版社，2022.4（2025.4 重印）
ISBN 978-7-5133-4872-0
Ⅰ.①四… Ⅱ.①早… ②王… Ⅲ.①长篇小说 - 日本 - 现代 Ⅳ.① I313.45
中国版本图书馆 CIP 数据核字 (2022) 第 046334 号

午夜文库
谢刚 主持

四元馆事件
[日] 早坂吝 著；王皎娇 译

责任编辑：王　萌
责任校对：刘　义
责任印制：李珊珊
装帧设计：Caramel

出版发行：新星出版社
出 版 人：马汝军
社　　址：北京市西城区车公庄大街丙3号楼　　100044
网　　址：www.newstarpress.com
电　　话：010-88310888
传　　真：010-65270449
法律顾问：北京市岳成律师事务所

读者服务：010-88310811　service@newstarpress.com
邮购地址：北京市西城区车公庄大街丙3号楼　　100044

印　　刷：北京天恒嘉业印刷有限公司
开　　本：910mm×1230mm　1/32
印　　张：5.875
字　　数：74千字
版　　次：2022年4月第一版　2025年4月第五次印刷
书　　号：ISBN 978-7-5133-4872-0
定　　价：45.00元

版权专有，侵权必究；如有质量问题，请与印刷厂联系调换。